Maike Liebschmitt

ÜBERMÜTIG *laut* SENSIBEL

Eine neue Sicht auf Ihr temperamentvolles und gefühlsstarkes Kind

INHALTSVERZEICHNIS

EINLEITUNG

Erziehungsziel: Lebensglück! Das streben alle Eltern an. Mit diesem Buch lernen Sie, wie Sie Ihr besonderes Kind besser verstehen. Auf der Basis dieses Verständnisses gelingt die Erziehung zum Glücklichsein.
Wer sind diese „besonderen“ Kinder? Mit diesem wertschätzenden Begriff meine ich Kinder, die intensiver und sensibler leben. In der aktuellen pädagogischen Literatur werden sie auch als temperamentvolle Kinder bezeichnet. Sie sind empfindlicher und beharrlicher, besitzen eine hohe Wahrnehmungsfähigkeit und können sich nur schwer und relativ langsam an die großen und kleinen Veränderungen, die das Leben mit sich bringt, anpassen.

„Man muss sein Glück teilen, um es zu multiplizieren.“
(Marie von Ebner-Eschenbach)

Jedes Neugeborene trägt die Fähigkeit, glücklich zu sein, in sich. Als Elternteil sind Sie gefragt, diese Fähigkeit zu wecken und zu fördern.
Durch die Glücksforschung weiß man, dass Glück weniger durch äußere Umstände zustande kommt, sondern es ausschlaggebend ist, wie das Gehirn eines Menschen die Welt um sich herum wahrnimmt. Bei Säuglingen

und ganz kleinen Kindern ist das Glücksempfinden noch eine unmittelbare Reaktion. Doch schon wenig später wird die Empfindung von Glück vielschichtiger, denn dann beginnt der Aufbau des Bewusstseins und die ersten Erinnerungen haben sich im kindlichen Wesen verankert.
Eine Erziehung zum Glück baut psychische Stabilität auf, mit viel Liebe vermittelt man dem Kind Selbstvertrauen und Empathie. Man hilft ihm auch dabei, ein guter Problemlöser zu werden.

Glücklich sein ist etwas anderes als Glück zu haben!
Bei der Erziehung zum Glück geht es nicht um ein zeitlich begrenztes Hochgefühl, das eintritt, wenn Kinder zum Beispiel eine besonders gute Note schreiben oder ein tolles Geschenk bekommen. Es geht um eine tiefe Zufriedenheit im Leben, die aus mehreren psychologischen Elementen besteht: aus dem Erfahren von Sinnhaftigkeit, dem Erleben von sozialen Bindungen und Selbstwirksamkeit sowie der Kompetenz zur Emotionssteuerung. Diese Zufriedenheit meint die kontinuierliche erlebbare Dimension des Glücks, die abhängig ist von der subjektiven Einstellung zum Leben.

Wenn Sie ein besonderes Kind haben, dann ist die Erziehung zum Glück manchmal eine echte Herausforderung.

Die komplizierte Seele Ihres Kindes scheint sich oft selbst dabei im Weg zu stehen. Ihr Weg ist dann ein bisschen steiniger als der von Eltern mit „einfachen" Kindern. Aber sobald Sie den Charakter Ihres Kindes mit Hilfe dieses Buches verstehen lernen, können Sie aus den Steinen echte Glücksbausteine gestalten. Geben Sie dabei niemals auf und denken Sie daran: Ihr Kind fühlt besonders intensiv, es wird auch sein Glück in einer Dimension erfahren, die weniger feinfühligen Menschen verborgen bleibt.

Dieser Erziehungsratgeber richtet sich an Eltern mit Kindern im Alter von 0 – 12 Jahren. Und selbstverständlich geht es nicht nur um temperamentvolle Kinder. Auch wenn Ihr Kind wenig bis gar keine Charakterzüge eines temperamentvollen Kindes aufweist, dann fühlen Sie sich bitte trotzdem angesprochen, denn das Geheimnis glücklicher Kinder wird in diesem Buch für alle offenbart.

KAPITEL 1

Ihre eigenen Erfahrungen zum Glück oder Unglück in der Kindheit

Damit Kinder sich glücklich fühlen, brauchen sie Liebe, Anerkennung und Bindung. Das ist alles sehr nachvollziehbar, doch manchmal ist die Umsetzung dieses Wissens im Erziehungsalltag gar nicht so einfach. Dabei handeln Eltern normalerweise immer in guter Absicht und wünschen sich nur das Beste für ihr Kind.

Doch worin besteht nun das Hindernis?

Eltern erziehen und handeln auf der Grundlage dessen, was sie selbst in ihrer Kindheit erfahren haben. Ihr aktuelles Verhalten basiert also auf früh gelernten Denk- und Verhaltensmustern, die sie bewusst oder unbewusst weitergeben. Oder aber sie grenzen sich vom Verhalten der eigenen Eltern vollkommen ab und sagen: "Nur nicht so werden wie meine Mutter/Vater."

Manche der Konflikte und ungewollten Verhaltensweisen der Eltern, die im Familienalltag auftreten, sind ein Spiegel der inneren Konflikte und Dissonanzen. Doch genau in dieser Verquickung liegt auch eine große Chance. Es drängt etwas an die Oberfläche des Bewusstseins, damit ist die perfekte Möglichkeit gegeben, an der Lösung zu arbeiten.

Eltern, die in der eigenen Kindheit ihre Wünsche und Bedürfnisse stets unterdrücken mussten, empfinden manche Bedürfnissignale ihres Kindes beinahe als unverschämt oder absolut unangemessen. Gerade Kleinkinder haben noch eine ganz unbekümmerte Art, diese Signale zu zeigen. Wenn Eltern unter ihrer früh erlebten Selbsteinschränkung leiden, fühlen sie sich damit so manches Mal überfordert und reagieren aus ihrer eigenen Geschichte heraus mit Ärger und Zurückweisung. Sie sind in diesem Moment nicht in der Lage, dem Kind eine liebevolle Orientierung zu geben. Aber man kann aus diesem verhängnisvollen Kreislauf heraustreten.

Das Leben mit Kindern ist eine Chance für Eltern, ihr inneres Kind mit all seinen Verletzungen, Sehnsüchten und Wünschen wiederzuentdecken und zu heilen. Setzen Sie sich bewusst mit Ihrer Kindheitsgeschichte auseinander. Es hilft auch, mit dem Partner oder Freunden darüber zu reden. Durch den Austausch erfährt man Unterstützung und viele Dinge lassen sich dadurch klarer sehen. Eine andere Möglichkeit ist es, ein Tagebuch zu führen. Das Schreiben hilft zu reflektieren und unterstützt die persönliche Weiterentwicklung.

KAPITEL 2:

Bindung ist das Zauberwort für eine glückliche Kindheit

Erst auf der Basis einer sicheren Bindung ist ein Kind dazu fähig, glücklich und neugierig die Welt zu entdecken. Die Bindung zwischen Eltern und Kind bildet das Fundament einer tragfähigen Beziehung.

Damit Ihr Kind seine Fähigkeiten und individuellen Potenziale entfalten kann, braucht es Ihre Liebe und die tiefe Bindung zu Ihnen.
Eine geschützte und warme Atmosphäre in der Familie ist die Quelle der Geborgenheit und der Abwesenheit von Angst. Sie schenkt emotionale Sicherheit.

In der ersten Zeit mit dem Kind hängt die Bildung der Bindung vor allem von der zugewandten und liebevollen Präsenz der Eltern bzw. eines Elternteils ab. Das Baby erhält schon in den ersten Lebensmonaten Gewissheit darüber, dass es liebevoll umsorgt wird und seine Bedürfnisse erkannt werden. Durch die Aufmerksamkeit und eine fürsorgliche Art und Weise, mit der auf die Signale des Kindes reagiert werden, zeigen sich die

Eltern als zuverlässige Bindungspartner. Wenn Ihr Kind einen relativ unkomplizierten Charakter hat, dann wird es dank der sicheren Bindung in den ersten Monaten Ausgeglichenheit zeigen und neben der Freude am Kontakt mit Ihnen auch Interesse am eigenständigen Spiel haben. Ich habe mit Bedacht das Wort „Wenn“ gewählt, denn es kann auch sein, dass Ihr Kind sich trotz all Ihrer liebevollen Bemühungen anders verhält. Sollte das der Fall sein, dann machen Sie sich keine Sorgen. Selbst wenn Ihr Baby nicht der „Norm“ entspricht, sind Sie trotzdem der sichere Bindungspartner für Ihr Kind. Im Kapitel über die verschiedenen Temperamente können Sie mehr über das Themenfeld der „schwierigen“ Babys und Kinder lesen.

Ihr Kind braucht also diese intensive Bindung zu Ihnen, damit es glücklich aufwachsen kann. Jedes Kind besitzt individuelle Persönlichkeitsmerkmale und vielfältige Charaktereigenschaften.
Deshalb macht es Sinn zu fragen: „Welche Art von sicherer Bindung braucht mein Kind genau?“ Selbstverständlich besteht die Essenz der sicheren Bindung aus bestimmten Grundlagen. Doch abgesehen davon kommt es auf die ureigene Persönlichkeit Ihres Kindes an, wie die Bindung in Wort und Tat gestaltet wird.

Das frühe Glück des Kindes wächst in Ihren Armen, die es liebevoll halten. Die bindungsorientierte Elternschaft erstreckt sich natürlich nicht nur auf die Baby- und Kleinkinderzeit, es ist eine innere Haltung, mit der Sie Ihr Kind ein Leben lang begleiten. Einfühlungsvermögen und Verständnis sind die Grundlagen, auch wenn Sie den Bedürfnissen Ihrer Kinder situationsabhängig nicht immer nachkommen können.

Sie sehen: In Erziehungsfragen gibt es nicht DIE eine richtige Lösung oder DIE eine konkrete Handlungsanweisung, an die man sich immer halten kann. Es gibt sicher Situationen, in denen gewisse „Erziehungsrezepte" funktionieren. Aber Ihr Kind und Sie sind Menschen mit einer individuellen Persönlichkeit. Stimmungen und Bedürfnisse variieren und die Konstellation in der Familie unterliegt einem steten Wandel. Jede Situation hat andere Rahmenbedingungen und dann gibt es auch noch die Sachzwänge von außen. Sie kennen das sicher, wenn Sie zum Beispiel so unter Zeitdruck stehen, dass Sie ganz anders auf Ihr Kind reagieren als Sie es eigentlich möchten. Aber machen Sie sich keine Sorgen, nur, weil Sie ab und zu einen Fehler machen, wird Ihr Kind nicht gleich einen negativen Gefühlsballast mit sich herumtragen. Niemand ist perfekt, auch Eltern nicht. Ein vorrangiges Thema unserer Zeit ist die Optimierung und der Perfektionsdrang, auch die Erziehungslandschaft wird geradezu von dieser Welle überrollt. Lassen Sie sich davon nicht beeinflussen, solange Sie intuitiv und liebevoll mit Ihrem Kind umgehen, machen Sie alles richtig. Eltern haben heutzutage große Angst etwas falsch zu machen. Weil sie das Beste für ihre Kinder möchten, stellen sie sich ständig selbst in Frage und wollen ihren Nachwuchs kontinuierlich fördern. Das ergibt einen enormen Druck. Dabei ist Gelassenheit für das Glück in der Familie so wichtig. In glücklichen Familien werden die Zügel auch einmal lockergelassen, es wird nicht alles so eng gesehen und ein kleiner Scherz kann ein sich anbahnendes Drama im Kinderzimmer schnell beenden.

2.1 Behütet schlafen

Gerade in den ersten Lebensjahren ist für die Eltern der Schlaf mitunter eines der wichtigsten Themen. Der Schlafrhythmus Ihres Kindes entwickelt sich über einen langen Zeitraum, er ist mit dem Erreichen des 2. Lebensjahres noch nicht abgeschlossen. Zu Beginn muss sich der Säugling an einen Tag-Nacht-Rhythmus gewöhnen. Danach können bestimmte psychische Entwicklungsphasen oder auch körperliche Ausnahmezustände wie eine Krankheit oder das Durchbrechen der

Zähne das Ein- und Durchschlafverhalten beeinflussen. Vieles spiegelt sich im Schlaf des Kindes wider. Auch das individuelle Temperament Ihres Kindes ist ein wichtiges Element.

Es gibt jedoch Faktoren, mit denen Sie das Schlafverhalten positiv beeinflussen können. Ihr Kind kann gut schlafen, wenn es sich sicher fühlt. Deshalb ist das Thema Schlaf für eine glückliche Eltern-Kind-Bindung sehr wichtig. Das Gefühl der Sicherheit wird durch Ihre Anwesenheit vermittelt. Babys und Kleinkinder möchten in der Nähe ihrer Eltern schlafen, weil sie sich dann sicher und geborgen fühlen. Ob Sie sich in diesem Zusammenhang für ein gemeinsames Familienbett, ein Beistellbett oder das Kinderbett neben dem Elternbett entscheiden, ist eine Sache, die nicht nur von den Bedürfnissen Ihres Kindes abhängt. Auch Sie müssen sich damit wohlfühlen und vor allen Dingen gut schlafen können, denn nur ausgeschlafene Eltern können gelassen sein.

Wenn es mit dem Einschlafen nicht klappen will

Wahrscheinlich kennen Sie das: Nach einem langen Tag freuen Sie sich auf den Abend, wenn Sie Ihr Kind schlafen legen und endlich Zeit für sich haben. Dann möchten Sie all die Dinge tun, für die Sie am Tag keine

Zeit gefunden haben, zum Beispiel ein Buch lesen, mit einer Freundin telefonieren oder einfach die Beine hochlegen und entspannen. Aber schon mit dieser Einstellung kann eine angespannte Situation entstehen, wenn das Kind Ihre Erwartung und gestiegene Anspannung am Ende des Tages spürt. Und umso länger es zum Einschlafen benötigt, umso angespannter werden Sie. Kinder haben feine Antennen für die Stimmungen der Eltern, sie fühlen deren Anspannung, nehmen sie als verstörend oder sogar beängstigend wahr und finden deshalb noch schwerer in den Schlaf. Auf diese Weise entsteht ein verhängnisvoller Kreislauf.

Damit dieser Kreislauf erst gar nicht in Gang gesetzt wird, können Sie einiges tun. Bereits während des Tages sollten Sie sich zwischendurch immer mal wieder etwas Ruhe gönnen. Wenn Sie darauf achten, Ihre Batterien auch tagsüber hin und wieder aufzuladen, dann sind Sie am Abend nicht komplett erschöpft. Auch wichtige Erledigungen sollten Sie nicht auf den Abend legen, damit Sie beim Schlafenlegen Ihres Kindes nicht unnötig unter Zeitdruck stehen. Mir ist bewusst, dass die letzten beiden Ratschläge sich nicht immer umsetzen lassen. Aber es lohnt sich, sie im Auge zu behalten.

Und an den Abenden, an denen das Kind nur schwer zur Ruhe findet, nehmen Sie die Situation einfach so an, wie sie ist. Kuscheln Sie mit Ihrem Kind oder singen Sie ihm ein Schlaflied vor, mit anderen Worten: Machen Sie sich die Zeit mit dem Kind schön.

Geborgenes Schlafen bedeutet, dass Sie für die Ein- und Durchschlafprobleme des Kindes immer wieder Verständnis aufbringen. Kinder haben ihr eigenes Entwicklungstempo und immer wieder Phasen, in denen es zu Schlafstörungen kommt. Wenn Ihr Kind weiß, dass es Tag und Nacht beschützt wird (oft handelt es sich um verborgene Ängste, die das Kind vom Schlaf abhalten), fühlt es sich behütet und geborgen. Diese Gefühle sind Elemente der innigen Eltern-Kind-Bindung. Mit Ihrer Geduld und Nähe am Abend und in der Nacht schenken Sie Ihrem Kind die Sicherheit, die es braucht, um ein glücklicher kleiner Mensch zu sein.

Wenn Ihr Kind ein besonders temperamentvolles Kind ist, dann kann es sehr gut sein, dass das Zubettgehen zur täglichen Herausforderung wird und nächtliches Aufwachen die Regel ist. Diese besonderen Kinder verbrauchen am Tag so viel Energie, dass man annehmen sollte, sie würden am Abend regelrecht in ihr Bett fallen und direkt in einen Tiefschlaf gleiten. Bei manchen temperamentvollen Kindern ist das tatsächlich so, andere dagegen kommen nur schlecht in den Schlaf, wachen jede Nacht auf und sind schon früh am Morgen munter.

Familien, die davon betroffen sind, geraten schnell an die Grenze ihrer Belastbarkeit.
Häufig wird angenommen, dass diese Kinder einfach weniger Schlaf benötigen und ihre damit einhergehende schlechte Laune einfach zu ihrer Persönlichkeit gehört. Doch es ist einfach so, dass diese Kinder selbst unter ihrem Schlafdefizit leiden, sie möchten schlafen, aber sie können es einfach nicht.
Sie können Ihrem Kind helfen, einen Schlaf-Wach-Rhythmus zu entwickeln, in dem Sie es jeden Tag um die gleiche Uhrzeit wecken, auch am Sonntag. Das menschliche Gehirn, das den Tag- und Nachtrhythmus steuert, kennt keine Feiertage.

Verlegen Sie das Gute-Nacht-Ritual am Abend weiter nach vorne, damit Ihr Kind ausreichend Zeit hat, in den Schlaf zu finden. Gestalten Sie es liebevoll, aber ohne neue Impulse für das Kind. Sogar das Vorlesen sollte bei diesem schlichten Ritual nicht enthalten sein, denn die Inhalte einer Geschichte können auch ein Auslöser für Schlaflosigkeit sein. Sie könnten Ihrem Kind zu viele aufregende Impulse geben. Lesen Sie ihm lieber am früheren Abend etwas vor. Nach dem Abendessen kuscheln Sie einfach noch ein wenig mit Ihrem Kind, vielleicht hat es auch noch etwas, worüber es reden möchte oder es wünscht sich, dass Sie ihm ein Lied vorsingen. Dann sagen Sie „Gute Nacht“ und gehen aus seinem Zimmer. Falls Ihr Kind nur in den Schlaf gleiten kann, wenn Sie in der Nähe sind, dann bleiben Sie noch. Sie können sich neben Ihr Kind legen, falls es das wünscht und braucht, oder auf einem Stuhl daneben sitzen und vielleicht seine Hand halten. Aber lassen Sie sich auf kein Gespräch mehr ein, Ihr Kind muss wissen, dass jetzt keine Interaktionen mehr stattfinden. Diese Routine schenkt ihm dann die Sicherheit zum ruhigen Einschlafen.

2.2 Liebe geht (auch) durch den Magen

„Stillen ist mehr als nur Nahrung.“ Diesen Satz haben Sie bestimmt schon einmal gehört oder gelesen. Die Aussage dieses Satzes ist absolut richtig, aber ich möchte mit Ihnen gerne ein paar Monate oder Jahre weiterdenken, denn Essen und Trinken spielt nicht nur im ersten Lebensjahr eine wichtige Rolle. Die Nahrungs- und Flüssigkeitsaufnahme hat in unserem gesamten Leben eine wichtige Funktion. Die Befriedigung dieser Grundbedürfnisse dient der Gesundheit, dem Genuss und was mir hier besonders wichtig ist: die gemeinsamen Familienmahlzeiten sind ein bindendes Element.

Bindung und damit die Erziehung zum Glücklichsein ist weniger etwas, das in höheren Sphären passiert, sondern ganz praktisch im Alltag, in jedem gemeinsamen Moment.

Unabhängig davon, ob Sie stillen oder nicht, sollte Ihr Baby von Anfang an die Erfahrung machen dürfen, dass Sie auf seine elementaren Grundbedürfnisse zuverlässig und rasch reagieren. Diese bedürfnisorientierte Reaktion knüpft frühe und starke Bindungsfäden zwischen Ihnen und Ihrem Kind.
Nach ein paar Monaten ist es dann Zeit für die Phase der Beikost. Wann das so weit ist, sollten Sie Ihr Kind entscheiden lassen. Lassen Sie sich nicht von Angaben der Nahrungsmittelhersteller oder Alterstabellen beeinflussen. Gestalten Sie das Füttern des Kindes liebevoll, essen sollte niemals in Zwang ausarten. Falls Ihr Kleinkind sich abwendet, dann möchte es gerade nicht essen. Bitte versuchen Sie nie, es mit Ablenken oder Tricks zum Essen zu bringen. Denn Kinder haben immer einen guten Grund, wenn sie gar nichts oder etwas Bestimmtes nicht essen möchten. Versuchen Sie nicht dogmatisch (nur Brei oder nur Fingerfood) zu füttern. Vielleicht besteht Ihr Kind auf eines dieser beiden Angebote, dann sollten Sie auf sein Bedürfnis eingehen. Ansonsten ist der beste Weg der, dem Kind gesunde Nahrungsmittel in beiden Zubereitungsformen anzubieten.
Die Beikost-Phase wird ihre Höhen und Tiefen haben, es

wird immer wieder Zeitfenster geben, in denen Ihr Kind mal gut und mal weniger gut isst. Wenn Sie seine Signale beachten, dann wird das Essen für Ihr Kind eine schöne Erfahrung werden. Dazu gehört auch, dass Sie die Mahlzeiten liebevoll vorbereiten und ihm den Spaß und die Entdeckerfreude am Essen lassen. Der Familientisch ist idealerweise kein Platz des Zwangs, der Strenge oder der Verbote. Er sollte ein Ort sein, an dem sich die Familie entspannt trifft, gemeinsam isst, redet und Freude am Gemeinschaftserlebnis empfindet. Zu Beginn wird der Esstisch für Ihr Kind ein Ort zum Erkunden und Entdecken der neuen Welt der Nahrungsmittel sein. Diese neue Welt will ganz praktisch ertastet werden, es wird mit Sicherheit zu allerhand „Experimenten" am Esstisch kommen. Bitte sanktionieren Sie dieses Verhalten nicht, Ihr Kind macht das nicht, weil es Sie ärgern will. Es möchte einfach nur genau wissen, was es da vor sich auf dem Teller hat. Wie fühlt es sich an? Was passiert, wenn ich zwei Dinge davon mit den Händen vermische?

Nach und nach, wenn Ihr Kind der Experimentierphase entwachsen ist, wird der Familientisch dann zu einem entspannten Ort und einer Zeit der Geselligkeit und des Wohlbefindens.
Soweit die Theorie. Aber Mahlzeiten können natürlich auch Potential für Konflikte in sich tragen.

Das folgende Beispiel macht deutlich, wie schwierig das Thema Essen manchmal sein kann. Elena erzählt von ihrem 7-jährigen Sohn Daniel:

„Ich werde noch verrückt mit Daniel. Er möchte nur Süßigkeiten essen, so gut wie alles andere verweigert er. Gestern Abend war ich dann so weit, dass ich ihm befohlen habe, sein Gemüse aufzuessen. Vorher durfte er nicht aufstehen. Daniel hat geweint, man hätte meinen können, ich wollte ihn vergiften. Nach einer Stunde hatte er endlich das Gemüse gegessen. Ich habe mich die ganze Zeit furchtbar dabei gefühlt, am liebsten hätte ich zu ihm gesagt: „Komm, steh auf, es war nicht so gemeint." Aber ich dachte, ich muss das jetzt durchziehen, damit Daniel ein paar Vitamine zu sich nimmt und es endlich lernt, am Tisch gesunde Sachen zu essen. Meist ernährt er sich total einseitig, Kartoffeln und Joghurt sind die einzigen Nahrungsmittel, die er akzeptiert. Natürlich mache ich mir ernsthafte Sorgen um seine Gesundheit und die körperliche Entwicklung."

Soweit der Erfahrungsbericht und die Sorgen von Elena. Ihre Ängste sind durchaus nachvollziehbar. Aber in der Regel machen sich Eltern zu schnell Sorgen, wenn es um eine mangelhafte Nahrungsaufnahme geht. Häufig wird die Menge an Lebensmitteln überschätzt, die ein Kind wirklich braucht. Falls Ihr Kind auch ein schlechter Esser ist, können Sie übergangsweise ein Protokoll führen, in dem Sie vermerken, was es am Tag alles zu sich nimmt. Vielleicht werden Sie dann schnell sehen, dass Ihr Kind zwischendurch doch eine Reihe von Kalorien verzehrt, beispielsweise in Form von Obst.

Und auch wenn Kinder sich eine ganze Zeitlang einseitig ernähren, dann führt das nicht zwangsläufig zu Mangelerscheinungen, denn über kurz oder lang holen sie sich, was sie brauchen.

Kinder verfügen über die Fähigkeit, sich genau die Nährstoffe zu holen, die sie in gewissen Entwicklungsphasen benötigen. Sie glauben das nicht? Dann berichte ich Ihnen jetzt von einer Studie, die diese Theorie bestätigt:

Doktor Clara Davis führte vor circa 80 Jahren ein Ernährungsexperiment mit Kindern durch. Teilnehmer waren 14 Waisenkinder im Alter zwischen 6 Monaten und 4,5 Jahren. Täglich wurde den Kindern eine Auswahl aus etwa 35 unterschiedlichen und mundgerecht zubereiteten Lebensmitteln angeboten. Die Kinder durften ihre Nahrung aus diesem Angebot selbständig zusammenstellen. Allerdings gab es keine verarbeiteten Lebensmittel, also kein Brot oder keine Wurst. Des Weiteren waren sämtliche Lebensmittel weder gezuckert noch gesalzen oder mit anderen Gewürzen zubereitet.

Die Kinder hatten die Auswahl zwischen verschiedenen Obst- und Gemüsesorten, Getreide, Fisch, Fleisch und tierischen Innereien, Eier, Wasser, Orangensaft und Milch. Sechs Jahre lang wurde dieses Experiment durchgeführt und es zeigte eindrucksvolle Ergebnisse. Die von den Kindern bevorzugten Lebensmittel waren alle höchst unterschiedlich und variierten auch bei einzelnen Kindern im Laufe der Jahre stark. Übereinstimmend war jedoch, dass alle ungefähr den gleichen Anteil an Eiweiß, Fetten und Kohlehydraten zu sich nahmen. Und genau diese Anteile lagen im Rahmen dessen, was auch bei anderen ausgewogenen Mahlzeiten verzehrt wird. Es gab ein paar extreme Vorlieben, die sich immer über einen bestimmten Zeitraum hinzogen. Gemüse gehörte zu den Lebensmitteln, die von den Kindern am meisten verschmäht wurden. Anhand der gesunden Entwicklung dieser Kinder konnte aber nachgewiesen werden, dass alle kompetent und instinktiv die Nahrungsmittel für sich auswählten, die sie in ihrer jeweiligen Entwicklungsphase gerade benötigten.

Auch eine jüngere Studie der Universität Stanford kam generell zum gleichen Ergebnis. Bei dieser Langzeitstudie wurden 120 Kinder über einen Zeitraum zwischen 2 und 11 Jahren untersucht und begleitet. Die Eltern von etwa 13 bis 22 Prozent der Kinder berichteten von einem problematischen Essverhalten. Manche Kinder bestanden auf eine bestimmte Zubereitung der Lebensmittel, andere weigerten sich neue Speisen zu probieren und wieder andere waren einfach das, was man allgemein als schlechte Esser bezeichnet. Die Studie ergab keinen signifikanten gesundheitlichen Unterschied zwischen den Kindern, die problemlos aßen und denen, die extrem wählerisch waren. Die wählerischen Kinder wogen nur etwas weniger als die guten Esser. Die Forscher kamen zu dem Ergebnis, dass das Essverhalten eine Sache des Temperamentes und Charakters ist.

Natürlich kann man diese Studien nicht genau auf Ihre individuelle Situation übertragen. Speziell die erste Studie basiert ja auf einer Ernährung ohne Zucker, Salz und verarbeiteten Lebensmitteln. Das ließe sich heute gar nicht mehr realisieren. Aber mit den Berichten möchte ich einfach den Druck und die Sorgen von Ihnen nehmen, die Sie sich um Ihr Kind machen, wenn es schlecht isst. Dieser Druck erzeugt Stress und Konflikte am Familientisch, damit verschenken Sie unfreiwillig Glück und Harmonie. Bieten Sie Ihrem Kind eine Auswahl an gesunden Speisen an, die schön angerichtet sind, was es damit macht, liegt dann in seinem Ermessen. Falls Sie sich dann immer noch Sorgen machen, schauen Sie bitte nach, ob Ihr Kind laut

Wachstums- und Gewichtstabellen im Normbereich liegt. Auch ein kleiner Ausreißer nach unten ist noch normal und kein Grund zur Sorge. Und sollte es relativ weit weg vom Normbereich liegen, dann gehen Sie mit ihm zum Kinderarzt und lassen sich dort zum Thema Ernährung beraten.

Extra-Praxis-Tipps:

Mithilfe eines Mixers lässt sich Gemüse wunderbar in Saucen „verstecken". Wenn es dann noch die geliebten Nudeln zur Sauce gibt, dann wird es auch Ihr Kind höchstwahrscheinlich nicht verweigern.

Für die lebensnotwendige Versorgung mit Vitaminen eignen sich auch Smoothies gut. Lassen Sie das Kind eventuell bei der Zubereitung helfen, dann wird es voller Stolz und gerne sein „Werk" trinken. Oder kreieren Sie Smoothies in bunten Farben, die durch einen hohen Gehalt an Obst süß schmecken. Solchen Getränken kann kaum ein Kind widerstehen.

KAPITEL 3:

Temperamente kennen und das Kind verstehen

Jedes Kind ist von Geburt an ein einmaliges Geschöpf. Es besitzt einen eigenen Charakter und sein individuelles Temperament. Charakter und Temperament haben einen immensen Einfluss darauf, wie das Kind auf sein Umfeld reagiert, ebenso spielen seine Stärken, Schwächen und sein Lernverhalten eine Rolle.

Manche Kinder lassen sich von Geburt an leicht trösten und sind allgemein sehr einfach zufriedenzustellen. Andere Kinder sind in dieser Hinsicht wesentlich komplizierter. Falls Ihr Kind schwierig zufriedenzustellen ist, dann brauchen Sie eine Menge Gelassenheit. Wie Sie diese Eigenschaft bei sich entwickeln und fördern können, werde ich in einem späteren Kapitel behandeln. Doch ein kleiner Trost sei Ihnen direkt gleich mit auf den Weg gegeben: Es sind häufig besonders intelligente Kinder, denen man so leicht nichts recht machen kann. In ihren kleinen Köpfchen laufen schon so viele komplizierte Denkprozesse und emotionale Ereignisse ab. Das macht sie unzufrieden und unruhig. Diese Reaktion ist besonders häufig in der Baby- und Kleinkinderzeit zu beobachten, denn in dieser Phase können sie diese inneren Abläufe noch nicht adäquat kommunizieren. Sobald sie die Fähigkeit des Sprechens erlernt haben, wird der Umgang mit ihnen leichter. Dann können sie ihre Gefühle, Gedanken und Wünsche verbal mitteilen. Sprache ist ein ganz wichtiges Element bei der Erziehung der besonderen Kinder. Sie können dieses Instrument nutzen, um Ihrem Kind zu helfen, seine Gefühle kennenzulernen und zu verbalisieren, weil alles, was man deutlich benennen kann, weniger Angst macht und die Hilflosigkeit bei intensiven negativen Emotionen nimmt.

3.1 Die Temperamentsmuster nach Chess und Thomas

Die US-Amerikanischen Psychiater Stella Chess und Alexander Thomas führten bereits in den 1950er Jahren Studien zum Thema Kindertemperament durch. Und bis heute haben ihre Forschungen nichts an Aktualität verloren. Die Grundlagenforschung von Chess und Alexander hat einen großen Einfluss auf die moderne Pädagogik. Innerhalb ihrer Studien führten sie Elterninterviews durch und beobachteten zahlreiche Säuglinge. Ihr Fokus lag hauptsächlich auf dem Schlaf- und

Wachrhythmus, der motorischen Aktivität und der vorherrschenden Stimmungslage der Babys. Von gleicher Bedeutung für die Studie war die beobachtbare Sensibilität gegenüber Reizen von außen und wie schwer oder leicht es einem Baby fiel, sich auf Veränderungen im Tagesablauf oder neue Menschen einzustellen. Chess und Alexander teilten aufgrund ihrer Studienergebnisse die Charaktere der Kinder in drei grundsätzliche Muster an Temperamenten ein: 1) *Das „einfache Kind"*, 2) *das „langsam auftauende Kind"* und 3) *das „schwierige Kind"*. Bei dieser Klassifizierung handelt es sich ausdrücklich nicht um Schubladen, in den kindliche Charaktere einsortiert werden sollen. Es handelt sich um Hilfen, damit man das individuelle Temperament eines Kindes besser verstehen kann.

Die Mehrheit der Kinder kann einer bestimmten Kategorie zugeordnet werden. Dabei ist auch zu beachten, dass manche Kinder in einer speziellen Situation Kennzeichen des einen Temperamentmusters zeigen, aber in einer anderen Situation eher einem anderen Muster zugeordnet werden können.
Innerhalb des Heranwachsens kann sich das Muster des Temperamentes auch verschieben. So kann ein Baby, das immer leicht zufriedenzustellen war, schnell eine voraussagbare Schlaf- und Essroutine entwickelte

und sogar bedenkenlos auf Reisen oder in Restaurants mitgenommen werden konnte, als Kleinkind ein völlig anderes Muster entwickeln. Oder das Grundschulkind, welches immer mit Leichtigkeit und Freude lernte und gerne sinnvollen Freizeitaktivitäten nachging, kann mit dem Einsetzen der Pubertät kaum wiederzuerkennen sein.

Aus diesem Grund ist es wichtig, aufmerksam zu bleiben und neue Muster wahrzunehmen. Gerade bei diesen Temperamentsmustern geht es darum, das Kind in diesem Dasein zu akzeptieren und die elterlichen Erwartungen danach auszurichten.

Wenn Sie das Temperamentsmuster Ihres Kindes kennen und diese, ihm eigene charakterliche Struktur akzeptieren, dann werden Sie automatisch keine Erwartungen stellen, die das Kind nicht erfüllen kann. Damit machen Sie einen großen Schritt in Richtung Kinderglück. Das Gegenteil, die kontinuierliche Enttäuschung von Erwartungen, führt zu Stress und Konflikten in der Beziehung zwischen Eltern und Kindern.

3.2 Beschreibung der drei Temperamentsmuster nach Chess und Alexander

Das „einfache Kind“

Kinder mit diesem Temperamentsmuster sind leicht zufriedenzustellen und sozial angepasst. Sie scheinen in fast allen Situationen intuitiv zu wissen, wie sie sich „richtig“ zu verhalten haben. Oder sie eignen sich dieses Wissen leicht an und setzen es sicher um.
Sie sind ausgeglichen, gehen unkompliziert Freundschaften ein, lernen mit Freude in der Schule und sind gute Problemlöser. Sie besitzen sogar das beneidenswerte Talent, mit schwierigen Umständen leicht zurecht zu kommen.
Die Eltern von diesen „einfachen“ Kindern fühlen sich in ihrer Rolle als Erzieher kompetent. Kein Wunder, diese Kinder machen es ihren Eltern leicht und zusätzlich erhalten Mutter und Vater positive Rückmeldungen aus dem sozialen und schulischen Umfeld.

Das „langsam auftauende Kind“

Diese Kinder brauchen etwas mehr Zeit, um sich an Veränderungen zu gewöhnen. Im ersten Moment reagieren sie auf neue Situationen und Menschen zurückhaltend.

Es kann sogar passieren, dass sie mit Furcht und Rückzug auf ein neues Umfeld, zum Beispiel den Kindergarten oder die Grundschule reagieren. Häufig empfinden sie bei der Begegnung mit fremden Menschen oder in größeren Gruppen Stress. Jede nicht wirklich vertraute Erfahrung bringt sie aus dem seelischen Gleichgewicht. Da sie mehr Zeit benötigen, auch um auf Gleichaltrige zuzugehen, vermitteln sie manchmal den Eindruck, sie wären an Freundschaften nicht interessiert. Aber das ist in der Regel nicht der Fall, sie brauchen einfach etwas mehr Zeit, um mit anderen Kindern warm zu werden.
Falls Sie Ihr Kind in dieser Temperamentsbeschreibung wiedererkennen, dann wissen Sie jetzt, dass es einfach Zeit benötigt. Sie können sich darauf einstellen, in dem Sie diese zusätzliche Zeit im Voraus einplanen. Und Sie können Ihrem Kind immer wieder Rückhalt geben, einfach durch das geduldige Eingehen auf dessen zurückhaltende Art, mit Veränderungen umzugehen. Vermitteln Sie ihm: „Du bist genau richtig, so wie du bist. Ich liebe dich und ich helfe dir dabei, deine Herausforderungen zu meistern. Ich gebe dir die Zeit, die du brauchst.“
Sie können bevorstehende Veränderungen behutsam vorbereiten. Wenn Ihr „langsam auftauendes Kind“ demnächst in den Kindergarten kommt, dann sprechen Sie viel mit ihm über die neue Situation. Lesen Sie ihm

Kinderbücher vor, in denen der Alltag im Kindergarten kindgerecht thematisiert wird. Und wenn es möglich ist, dann besuchen Sie die Institution zuvor gemeinsam mit Ihrem Kind, zum Beispiel am Tag der offenen Tür. Aller Wahrscheinlichkeit nach wird Ihr Kind Zeit brauchen, bevor es das erste Mal allein in der Kindergartengruppe bleibt. Besprechen Sie das am besten mit der zuständigen Erzieherin. Bitten Sie die pädagogische Fachkraft um besondere Geduld beziehungsweise um eine längere Eingewöhnungszeit, während Sie das Kind dort noch begleiten können. Übrigens können Sie an der Reaktion der pädagogischen Fachkraft einiges über die Qualität des Kindergartens herauslesen. Wenn sie auf die Bedürfnisse Ihres Kindes eingeht, dann haben Sie einen passenden Kindergarten gefunden. Falls gleich abgeblockt wird, sollten Sie einen Wechsel in Betracht ziehen, denn eine Institution, die so starr auf individuelle Bedürfnisse von Kindern reagiert, ist wahrscheinlich für Ihr Kind nicht geeignet.

Das „schwierige Kind“

Schwierige Kinder neigen zu Überreaktionen, agieren impulsiv und ihre Stimmungen sind wechselhaft. Sie empfinden bei den meisten Beschäftigungen wenig Freude. Sie sind schnell gelangweilt und können den Ausdruck ihrer Emotionen nur schwer steuern.

Als Babys brauchen sie überdurchschnittlich lange, um eine Ess- und Schlafroutine zu entwickeln. Unter Umständen reagieren sie bereits im Säuglingsalter überempfindlich auf Berührungen. Sie kuscheln nicht gerne, bestehen schon sehr früh auf Eigenständigkeit.
Meist haben sie auch eine weitere, sehr schwierige Eigenschaft: Sie sind geradezu unersättlich in Bezug auf Aufmerksamkeit.
Eltern von „schwierigen" Kindern fühlen sich verunsichert. Sie haben zudem das Gefühl, sie könnten ihr Kind nie vollkommen zufriedenstellen. Sie fühlen sich häufig frustriert und erschöpft. Diese Kinder nehmen die Zeit, die man ihnen intensiv widmet, als nie ausreichend wahr. Wenn man beispielsweise von einer Stunde 50 Minuten im Gespräch oder Spiel mit ihnen verbringt, dann erinnern sie sich danach nur an die restlichen 10 Minuten, in denen sie nicht die ganze Aufmerksamkeit bekamen.
Diesem subjektiven Empfinden können Sie gegensteuern. Neben den normalen gemeinsamen Spielzeiten können Sie Extra-Zeiten initiieren. Diese sollten für das Kind sichtbar im Kalender vermerkt werden.
Später werde ich noch detailliert darauf eingehen.

Wenn Sie sich darüber bewusst sind, ein „schwieriges" Kind zu haben, dann brauchen Sie sich als Mutter oder

Vater nicht länger inkompetent zu fühlen. Damit ist der erste Schritt getan, um aus dem Teufelskreis der Verunsicherung, übersteigerter Erwartungen und unweigerlich darauffolgender Frustration herauszukommen.
Ihr Kind ist jede Minute mit großen Herausforderungen konfrontiert. Seine Gedanken, Emotionen und Verhaltensweisen sind durch sein Temperament beschnitten. Mit seiner mangelhaften Selbstkontrolle steht es sich oft selbst im Weg.
Sie werden in diesem Buch viel darüber lesen, was Ihnen dabei helfen wird, Ihr Kind immer besser zu verstehen und auf seine Art eingehen zu können. Denn auch „schwierige" Kinder können glückliche Kinder sein bzw. werden.
Übrigens habe ich den Begriff „schwierig" immer ganz bewusst in Anführungszeichen gesetzt, denn es soll sich auf gar keinen Fall um eine Stigmatisierung handeln. Der Name dieses Musters soll nur beschreiben, dass diese Kinder kompliziert auf ihre Umwelt reagieren.

Die Einteilung in drei Temperamente, wie sie von Chess und Alexander entwickelt wurden, ist ein hilfreiches theoretisches Modell, um Ihr Kind zu verstehen. Ich möchte Ihnen nachfolgend noch ein weiteres Modell vorstellen.

3.3 Das temperamentvolle Kind

Wie unterscheidet sich das temperamentvolle Kind von anderen Kindern?

Es lebt intensiver, ist empfindsamer und impulsiver. Sie sehen schon, diese drei Begriffe können eine explosive Mischung ergeben. Im Bereich der Theorie von Chess und Alexander würde man temperamentvolle Kinder als „schwierige" Kinder bezeichnen.

Sie besitzen außerdem eine höhere Fähigkeit zur Wahrnehmung als Kinder, deren Temperament weniger ausgeprägt ist. An Veränderungen passen sie sich viel schwerer an.

Der Begriff des „temperamentvollen Kindes" ist in der pädagogischen Literatur - im Vergleich zur Definition von Chess und Alexander – noch nicht so geläufig. Es handelt sich innerhalb der pädagogischen und psychologischen Forschung, Lehre und Praxis um eine relativ neue Entwicklung. Ich sehe in der Theorie über das temperamentvolle Kind eine kleine Revolution in der Pädagogik. Dieses Wissen wird vielen Eltern den Rücken stärken und sich unglaublich positiv auf ihre Erziehungspraxis auswirken.

Die ursprüngliche Theorie der Temperamente geht auf die beiden griechischen Ärzte Hippokrates und Galen zurück. Sie entwickelten diese Lehre bereits in der Antike. Dabei kategorisierten sie die Menschen nach ihrer Grundwesensart in vier Gruppen: die Sanguiniker, die Phlegmatiker, die Melancholiker und die Choleriker. Dieses Schema gilt heute zwar als überholt, wird aber als Grundlage für die weitere Erforschung der Temperamente durchaus wertgeschätzt.

Ich möchte es nicht verschweigen: Temperamentvolle Kinder sind Kinder, die ihre Eltern vor große Herausforderungen stellen. Gleichzeitig sind es Kinder mit einem unglaublich spannenden Potential, voller Kreativität, Leidenschaft und Mut.
Haben Sie den Eindruck, Ihr Kind könnte ein temperamentvolles Kind sein? Wenn Sie sich dafür entscheiden, Ihr Kind oder Ihre Kinder als temperamentvoll zu betrachten, dann können Sie ab sofort Ihren Fokus - anstatt auf die Schwächen – auf die Stärken richten. Der Blick wird dadurch klarer und Ihr Verständnis für das Kind kann sich entfalten und damit in einer Erziehung zum Glück münden.

Die Charakteristika des temperamentvollen Kindes im Detail

Jedes temperamentvolle Kind weist die folgenden fünf Merkmale in einer mehr oder weniger hohen Intensität auf:

1. Sensibilität

Temperamentvolle Kinder reagieren empfindlich. Schon leise Geräusche, leichte Gerüche, bestimmte Texturen, Veränderungen von Lichtverhältnissen und Stimmungen lösen intensive Reaktionen aus.
2. Hohe Wahrnehmungsfähigkeit

Diese Eigenschaft ist eng verknüpft mit der Sensibilität. Sie können sich sicher gut vorstellen, dass Ihr temperamentvolles Kind so sensibel reagiert, weil es von Wahrnehmungen geradezu überflutet wird. Die meisten Menschen besitzen einen mentalen Filter, um nicht alle Reize von außen bewusst wahrzunehmen. Dieser Filter selektiert die Außenreize in wichtig oder unwichtig. Temperamentvolle Kinder besitzen diesen mentalen Filter nicht.
Außerdem haben sie einen extrem guten Blick für Details. Das ist positiv, aber auch schwierig, da sie sich

durch diese Eigenschaft von Kleinigkeiten ablenken lassen.

3. Intensität

Bei den meisten temperamentvollen Kindern richtet sich die Intensität nach außen. Wenn sie weinen, dann nie leise, sondern immer laut schreiend. Das gilt auch für das Lachen, diese Kinder haben einfach eine grundsätzliche Lautstärke, die auf andere Menschen recht gewöhnungsbedürftig wirkt.
Bei anderen temperamentvollen Kindern dagegen konzentriert sich die Intensität eher nach innen. Sie sind stille und aufmerksame Beobachter.
Doch unabhängig davon, ob sich die Intensität eines temperamentvollen Kindes nach außen oder innen richtet: Ein Mittelweg in ihren Reaktionen kommt so gut wie nie vor. Ihr Echo ist immer stark und impulsiv.

4. Mangelnde Anpassungsfähigkeit

Diese Kinder lieben keine Überraschungen, sie mögen das Vorhersehbare. Jede Veränderung fordert sie heraus. Auch der Übergang von einer Aktivität zu einer anderen passiert bei ihnen nicht leicht und fließend. Wenn sie zum Beispiel ein Spiel beenden sollen, da es höchste Zeit wird, in den

Kindergarten zu gehen, dann kann das auch einmal in eine kleine Tragödie ausarten.

5. Entschlossenheit und Geduld

Wenn temperamentvollen Kindern etwas wichtig ist, wenn sie sich für eine Sache oder eine Idee begeistern, dann können sie sich komplett darauf fokussieren. Sie sind somit sehr zielgerichtet und engagiert. Dank diesen Kompetenzen besitzen sie auch die Gabe, beim Spielen oder Lernen schnell in einen Flow zu geraten.

6. Regelmäßiger Rhythmus ist ein Fremdwort

Eine regelmäßige Ess- und Schlafroutine ist für diese Kinder ein schwieriges Unterfangen. Die Gewöhnung an einen gewissen Zeitplan ist hier (fast) unmöglich. Dabei heißt es ja immer so schön, dass Kinder Struktur in ihrem Alltag brauchen, die sich auch auf die Mahlzeiten und Ruhezeiten beziehen soll. Machen Sie sich keine Sorgen, wenn Ihr Kind diesen Zeitplan immer wieder boykottiert, dieses Charakteristika gehört einfach zu seinem Wesen.

7. Eine ernste Stimmung

Nicht alle, aber manche temperamentvollen Kinder neigen zum negativen Denken. Sie können sich nicht über Erfolge freuen, sondern fokussieren sich auf die kleine Sache, die nebenbei nicht geklappt hat. Sie lächeln selten, denken analytisch und prüfen alles. Sie sind diskutierfreudig und gut darin, Lösungen zu finden.

8. Reaktionen auf Neues

Neues wird in aller Regel zunächst mit einem „Nein" bedacht, das gilt auch für unbekannte Menschen und Orte. Diese Kinder brauchen mehr Zeit als andere, um sich auf Neues einzulassen.

9. Starker Aktivitätsmodus

Die Mehrzahl der temperamentvollen Kinder besitzt unglaublich viel Energie. Sie bewegen sich gerne, klettern und springen mit Begeisterung, sind aber obendrein zappelig oder nehmen auch mal einen Gegenstand auseinander. Immer haben sie ein bestimmtes Projekt vor Augen, welches sie zielgerichtet weitertreiben. Dieser hohe Level an Energie fällt meist schon im Säuglingsalter auf, sie strampeln unermüdlich und beherrschen zum Teil mit zwei Wochen schon das Robben.

Ich habe mit Bedacht geschrieben: „Die Mehrzahl“, denn nicht alle temperamentvollen Kinder weisen diesen starken körperlichen Aktivitätsmodus auf.

KAPITEL 4:

Der Alltag mit temperamentvollen Kindern

Wenn Ihr Kind zu den temperamentvollen Kindern gehört, dann ist der Alltag mit ihm eine Herausforderung. Sie sind mit einem kleinen Menschen konfrontiert, der keinen vorhersehbaren Ess- und Schlafrhythmus entwickelt, Sie mit seiner Energie an Grenzen bringt und immensen Widerstand gegen neue Dinge und Situationen zeigt.

Viele Maximen und Ratschläge für die Erziehung funktionieren bei diesen besonderen Kindern einfach nicht. Sie denken vielleicht, dass Sie etwas falsch machen, aber keine Sorge, es liegt einfach am Temperament Ihres Kindes.

Und Sie sind nicht allein, denn Studien über kindliche Persönlichkeiten haben ergeben, dass auf etwa 15 bis 20 Prozent aller Kinder die Aussagen über das Temperament zutreffen. Ihr Kind ist weder anders oder ein Sonderling, und Sie sind nicht die schlechtesten Eltern. Es liegt nicht an Ihnen, dass Ihr Kind temperamentvoll ist, sondern an einem speziellen Teil seiner Gene. Es gibt einen genetischen Faktor, der dafür zuständig ist, welches Temperament ein Kind aufweist. Doch wie sich die Gene im Verhalten eines Menschen manifestieren, wird vor allem von Lebensereignissen und der Art des Aufwachsens beeinflusst. Sie haben es also mit in der Hand, Ihr besonderes Kind zu einem glücklichen Kind zu machen. Sie sind nicht machtlos, denn in diesem Buch bekommen Sie viele Informationen darüber, wie Sie Ihr Kind besser verstehen und es positiv stärken können. Sehr wichtig ist auch, gut für sich selbst zu sorgen. Ihr Kind braucht extrem viel von Ihrer Energie. Da ist es für Sie noch bedeutungsvoller, für das eigene Bedürfnis nach Schlaf, Ruhe und Zeit für eigene Projekte zu sorgen. Wenn Sie den eigenen Bedürfnissen gerecht werden, sind Sie entspannter und geduldiger. Scheuen Sie sich nicht, auch mal um Hilfe zu bitten, z. B. für die Betreuung des Kindes. Fragen Sie Verwandte, Freunde oder engagieren Sie einen Babysitter.

4.1 Eine neue Sicht auf Ihr besonderes Kind

Schreiben Sie doch mal alle Worte auf, die Ihnen spontan einfallen, um Ihr Kind zu beschreiben. Stehen auf dieser Liste Begriffe wie: streitlustig, laut, aufsässig, destruktiv, penibel, unflexibel und anstrengend? Diese Aufzählung hört sich zunächst recht entmutigend an. Aber diese Eigenschaften spiegeln zum Teil die Stärken

Ihres Kindes wider. Nehmen wir mal das Beispiel „Destruktivität". Ihr Kind zerlegt gerne Sachen in seine Einzelteile? Diese Eigenart lässt sich auch positiv deuten, denn Ihr besonderes Kind ist mit Leidenschaft neugierig. Es geht den Dingen gerne auf den Grund. Mit dieser neuen Sichtweise erkennen Sie das Potential, das in der Persönlichkeit Ihres Kindes steckt. Oder die Eigenschaft „penibel"? Sie zeigt, dass Ihr Kind wählerisch und anspruchsvoll ist. Das ist nicht in jeder Situation etwas Negatives. Aufsässigkeit könnte man auch mit einer Stärke des Charakters umschreiben, weil es sich nicht so leicht beeinflussen lässt.

Ihr besonderes Kind können Sie also auch als engagiert, ausdrucksstark, durchsetzungsfähig und charismatisch beschreiben. Spüren Sie, wie mit dieser neuen Sichtweise auf die Eigenheiten Hoffnung und Freude wächst? Durch das Bewusstwerden seiner Stärken sind Sie dazu in der Lage, dem Kind empathisch und geduldig zu begegnen. Natürlich werden auch in Zukunft stressige Situationen auf Sie zukommen, aber Sie haben jetzt ein mentales Werkzeug in der Hand, welches Ihnen dabei helfen wird, immer öfter gelassener zu reagieren. Das wird Auswirkungen auf Ihr Kind haben. In einer ruhigen Atmosphäre wird es viel einfacher Ihre Hilfe annehmen können. Sie können ihm zeigen, wie es sein Verhalten zum Positiven ändern kann. Wissenschaftler haben herausgefunden, dass kontinuierliches Üben mit einem Kind neue Pfade in seinem Gehirn entstehen lassen. Mit der Zeit werden die Zugänge zu den neuen Fertigkeiten, zum Beispiel einer effektiveren Selbstkontrolle, leichter zugänglich.

4.2 Ein kleiner Ausflug in die Forschung über das Temperament

Das Temperament ist ein wichtiges Element der Persönlichkeit. Weitere Elemente sind die biografischen Erfahrungen und die kulturellen Einflüsse. Einen wirklichen Konsens über die Definition von Temperament gibt es bei Psychologen, Verhaltenswissenschaftlern, Neurobiologen und Kulturanthropologen zurzeit noch nicht. Einigkeit herrscht aber darüber, dass sich im Temperament individuelle Unterschiede widerspiegeln und das es sich aus neurochemischen, biologischen und genetischen Faktoren zusammensetzt. Es wird bereits in früher Kindheit offenkundig und auch wenn es im Laufe des Lebens ziemlich stabil bleibt, ist es durch Erziehung, Reife und Erfahrung letztlich veränderbar. Wissenschaftler definieren das Temperament meist als individuelle Anlage in den Bereichen der Selbstregulation und der Reaktivität.

4.3 Ein Blick auf Ihr eigenes Temperament

Um eine glückliche Beziehung zu Ihrem Kind aufbauen zu können, sollten Sie sich selbst gut kennen. Dann verstehen Sie Ihre eigenen Reaktionen auch besser. Und wie gut passen Ihr Temperament und das Ihres Kindes zusammen? In welchen Punkten gibt es Gemeinsamkeiten und in welchen Punkten nicht? Wie sensibel sind Sie in Bezug auf Geräusche, Texturen, Stimmungen und Emotionen? Und wie sieht es mit Ihrer Intensität aus? Sind Sie eher zurückhaltend oder reagieren Sie rasch höchst emotional? Lassen Sie sich leicht ablenken, weil plötzlich etwas ganz anderes Ihre Aufmerksamkeit fesselt? Wie entschlossen und beharrlich sind Sie? Können Sie auch bei schwierigen Aufgaben beharrlich sein? Können Sie leicht eine aktuelle Aktivität beenden oder unterbrechen, wenn es die Situation erfordert? Wie gut kommen Sie mit überraschenden Situationen zurecht? Mögen Sie spontane Änderungen in Ihrer Routine oder können Sie sich nicht so schnell anpassen? Wie reagieren Sie auf neue Menschen, Orte oder Ideen? Abwartend oder neugierig? Brauchen Sie körperliche Aktivitäten für Ihr Wohlbefinden? Sind Sie viel in Bewegung? Bevorzugen Sie regelmäßige Zeiten zum Essen und Schlafen? Oder entscheiden Sie da auch lieber spontan und nicht nach der Uhr?

Wenn Sie sich die Mühe machen und diese Fragen ausführlich beantworten, am besten Notizen dazu anfertigen, dann erhalten Sie ein Bild von Ihrem eigenen Temperament. Dieses können Sie dann mit dem Ihres Kindes vergleichen. Neben der ausführlichen Antwort ist es auch hilfreich, die einzelnen Punkte (Sensitivität etc.) auf einer Skala von 1 bis 10 einzuordnen, je nachdem, wie stark Sie bei sich selbst die einzelnen Eigenschaften ausgeprägt sehen.

Sie können effektiver reagieren, wenn Sie wissen, welche Auslöser Sie in Aufruhr versetzen oder in welchen Situationen es Ihnen schwerfällt, die Reaktionen von anderen nachzuvollziehen.

Wenn Sie die unterschiedlichen Temperamente verstanden haben, dann fällt es viel leichter, unterschiedliche Bedürfnisse zu respektieren. Man kann gemeinsam lernen so zu reagieren, dass es sich für beide Seiten gut anfühlt.

4.4 Ist Ihr temperamentvolles Kind extrovertiert oder introvertiert?

Damit Sie Ihr besonderes Kind noch besser verstehen und dadurch zu seinem Glück beitragen können, widmen wir uns jetzt der Frage nach einer weiteren

Präferenz der Persönlichkeit. Temperamentvolle Kinder können extrovertiert oder introvertiert sein. Von diesen beiden Ausrichtungen hängt es ab, woher Ihr Kind seine inneren Energien bezieht und in welchen Situationen es sich am wohlsten fühlt.

Wenn Ihr Kind introvertiert ist, dann:

- spielt es wahrscheinlich gerne allein oder in Gesellschaft von ein oder höchstens zwei Familienmitgliedern bzw. Freunden
- wird es beim Spiel oder einer anderen Aktivität erst dann mitmachen, wenn es alles für eine Weile in Ruhe beobachtet hat
- bekommt es schlechte Laune, wenn es sich über einen zu langen Zeitraum in einer Gruppe aufhält
- braucht es Zeit, um Ihnen von Dingen zu erzählen, die es erlebt hat oder die in ihm vorgehen. Das kann sich um Stunden oder Tage und manchmal sogar um Wochen handeln.
- spricht es unbeschwert mit vertrauten Personen und ist relativ still, wenn es mit Fremden konfrontiert ist
- ist ihm sein persönlicher Freiraum sehr wichtig
- braucht es Zeiten und Orte des Rückzugs. Ganz wichtig ist ihm dabei das eigene Zimmer.

Wenn Ihr Kind extrovertiert ist, dann:

- genießt es die Gesellschaft anderer Menschen. Es hat gerne viele Menschen und Trubel um sich.
- erzählt es viel über seine Erlebnisse und Gedanken. Vielleicht spricht es sogar mit sich selbst oder einfach in den Raum hinein, während es eine Handlung vollzieht oder über eine Idee nachdenkt.
- hört es weniger zu, es spricht mehr, die aktive Rolle liegt ihm eher.
- wird es dazu neigen, andere beim Reden zu unterbrechen.
- ist es nicht gern allein in seinem Zimmer oder in einem anderen Raum. Es kann sich auch nicht vorstellen, dass Sie sich wohlfühlen, wenn Sie allein in einem Zimmer sind. Da kann es passieren, dass es mehrmals zu Ihnen kommt, um Sie aufzuheitern.
- braucht es viel Bestätigung von außen. Es liegt jedoch nicht an einem Mangel an Selbstvertrauen, wenn extrovertierte Kinder immer wieder hören möchten, wie gut sie etwas machen.

Durch die Überprüfung der obenstehenden Aussagen können Sie feststellen, ob Ihr Kind eher zur Extroversion oder zur Introversion neigt. Und wie bei jedem Persönlichkeitsmerkmal gibt es auch dabei leichte oder starke Ausprägungen sowie Mischformen. Jeder Mensch ist von Zeit zu Zeit einmal extrovertiert und mal introvertiert, besitzt jedoch die eindeutige Tendenz in eine der beiden Richtungen.

Vielleicht fällt Ihnen bei dem Begriff „introvertiert" die traditionelle Beschreibung ein. Früher wurde jemand so genannt, der zurückhaltend und sozial eher unbeholfen ist. Diese Sichtweise ist inzwischen überholt, mit Introversion und Extroversion werden keine sozialen Kompetenzen beschrieben. Sie dienen als reine Grundlage für die Einordnung in psychologische Typen. Und ganz wichtig: Sie erklären, woher jemand seine Energien bezieht. Extrovertierte Kinder brauchen viel Action und die Gesellschaft, um ihre Batterien aufzuladen. Introvertierte Kinder schöpfen ihre Energien aus der Ruhe und dem Rückzug. Auch introvertierte Kinder spielen gerne mit anderen, aber dabei werden ihre Vorräte an Energien schneller aufgebraucht als es bei extrovertierten Kindern der Fall ist.

Wenn der Energielevel Ihres temperamentvollen Kindes ganz unten ist, dann verliert es die Selbstkontrolle. Es hat dann einfach nicht mehr die mentale Kraft, um seine Impulse zu steuern. Sobald sein Level an Energie hoch ist, kann es mit seinen Stärken glänzen.

Wenn Sie jetzt die bevorzugte Energiequelle des Kindes kennen, dann können Sie ihm oft Gelegenheit dazu geben, diese anzuzapfen. Je mehr Gelegenheit es dazu bekommt, umso glücklicher und zufriedener wird Ihr Kind sein. Das wird das Zusammenleben entspannen, viele Probleme lösen oder die Probleme und Konflikte gar nicht erst entstehen lassen.

Praxisbeispiel:

Birgit, die Mutter von Jaden, begrüßte ihren Sohn nach der Schule immer mit den Sätzen: „Hallo Jaden, wie war es in der Schule? Was hast du heute erlebt?" Bestenfalls bekam sie eine mürrische Antwort, aber meist schrie ihr Sohn sie unbeherrscht an. Erst als Birgit sich mit den Themen Introversion und Extroversion auseinandersetzte wurde ihr klar, dass Jaden nach einem Tag in der Schule ganz dringend Ruhe brauchte, um seine mentalen Energien wieder aufzuladen. Daraufhin richtete sie es so ein, dass ihr Sohn nach der Schulzeit diese Ruhezeit zu Hause auch bekam. Sie erweiterte ebenfalls seine sozialen Kompetenzen, indem sie ihm erklärte: „Ich verstehe, dass du nach der Schule eine ruhige Auszeit für dich brauchst. Aber ich möchte auch, dass du verstehst, dass ich oder andere Menschen gerne freundlich begrüßt werden möchten. Du kannst ab jetzt doch

einfach sagen „Hallo Mama, ich erzähle dir später von meinem Schultag."
Mit dieser neuen Regelung konnten beide gut leben, der alltägliche Konflikt wurde beigelegt. Durch die neuen Kenntnisse und deren Umsetzung konnten Birgit und Jaden viele Schritte in Richtung Harmonie gehen.

KAPITEL 5:

Sensibilität: Lernen, wie sich Ihr Kind fühlt

Sensible Kinder haben aufmerksame Antennen für die eigenen Emotionen, aber auch für die Emotionen von anderen Menschen. Diese starke Wahrnehmung kann von Zeit zu Zeit eine Last für das Kind bedeuten. Es fühlt so intensiv mit anderen mit, dass es eine innere Belastung für das Kind wird. Ein Lernziel bei diesen Kindern liegt darin, sich auch mal abgrenzen zu können und auf eine gewisse emotionale Distanz zu gehen.
Es handelt sich aber auch um eine besondere Stärke, dieses intensive Mitgehen mit den Gefühlen anderer Menschen. Durch diese Gabe können sensible Kinder tiefe Beziehungen eingehen und darin viel zu einem harmonischen Verhältnis beitragen. Häufig sind sensible erwachsene Personen sozial und humanitär sehr engagiert.

Diese starken Antennen beziehen sich nicht nur auf Emotionen, das sensible Kind nimmt auch sämtliche Reize aus der Außenwelt besonders intensiv wahr. Es sieht Details, hört minimal leise Geräusche und riecht Duftnoten, die andere Menschen gar nicht mitbekommen. Auch dieses Element der Sensibilität hat seine

Licht- und Schattenseiten. Schwierig wird es, wenn das sensible Kind von der Menge an Reizen und Gefühlen in seinem Umfeld überfordert wird. Dazu kommt es relativ schnell, es fühlt sich dann unter Druck und kann seine Impulse nicht mehr steuern.
Aber wenn Ihnen das bewusst ist, können Sie Ihrem Kind dabei helfen, nicht mehr so leicht die Kontrolle zu verlieren. Und Sie können auch das Positive an dieser Präferenz herausarbeiten. Zunächst kommt es vor allem darauf an, den aktuellen Pegel an Außenreizen, die auf das Kind einströmen, im Auge zu behalten.

Praxisbeispiel:

Brian, der Vater des vierjährigen Jonas, kann es nicht verstehen, dass jeder Besuch in einem Geschäft mit seinem Sohn in einer ausweglosen Situation enden muss. „Jonas macht Terror, sobald es im Laden nicht nach seinen Wünschen geht. Es kann sich darum drehen, dass ich ihm eine bestimmte Süßigkeit nicht kaufen will oder er den Einkaufswagen nicht schieben darf. Dabei will ich gar kein Spaßverderber sein, aber manche Süßigkeiten sind tabu für Jonas, da sie voller chemischer Zusätze stecken, auf die er empfindlich reagiert. Und wenn ich ihn den Wagen schieben lasse, dann fährt er damit ständig anderen Leuten in die Fersen. Dieses rücksichtslose

Verhalten kann und möchte ich nicht zulassen. Warum nur ist es nicht möglich, einmal entspannt mit meinem Sohn einkaufen zu gehen?“

Vordergründig liegt der Auslöser von Jonas Wut in der Verweigerung seines Vaters, ihm die Süßigkeit zu kaufen oder den Wagen schieben zu lassen. Das wirkliche Motiv seiner Ausbrüche liegt jedoch in den Reizen, die dort auf Jonas ungefiltert einprasseln. Sensible Kinder reagieren höchst empfindlich auf das wechselnde Licht in Supermärkten, auf die Musik im Hintergrund, auf all die Farben auf den Waren und Verpackungen sowie auf die vielen Menschen, die sich dort aufhalten. All diese Außenreize saugt Jonas auf wie ein Schwamm, ob er es will oder nicht. Sie sammeln sich in ihm, da dauert es nicht lange, bis er ein Ventil braucht, um seine innere Spannung abzubauen. Und weil er sich nicht anders zu helfen weiß und noch zu klein ist, um seine aufgestauten Emotionen zu erklären, kommt es zu Wutausbrüchen.

Seitdem es Brian klar ist, warum sein Sohn auf diese Weise reagiert, hat er einfach die Organisation der Einkäufe anders geregelt. Er geht entweder ohne Jonas einkaufen, damit sein Sohn nicht mehr dieser Reizüberflutung ausgesetzt ist, oder er nimmt ihn nur dann mit, wenn er weiß, dass das Energielevel seines Sohnes im Vorfeld gut aufgetankt werden konnte. Denn wenn Jonas sich vorher alleine entspannen konnte, dann ist er in den Geschäften viel gelassener. Das bedeutet zwar nicht, dass hierauf alles ohne Probleme abläuft, aber die Wutausbrüche sind seltener, weil Jonas vorher mentale Energie tanken konnte. Ziemlich sicher haben auch Sie nicht die Möglichkeit dazu, die Einkäufe immer ohne Kind erledigen zu können. Wenn es sich also nicht vermeiden lässt, Ihr sensibles Kind diesen starken Reizen in Geschäften auszusetzen, dann sorgen Sie einfach vorher für eine Zeit der Ruhe.

Versuchen Sie, das Umfeld mit den Augen Ihres sensiblen Kindes zu sehen. Machen Sie sich bewusst, wann seine Grenzen durch einen zu hohen Reizpegel erreicht sind. Seien Sie besonders aufmerksam an den Orten, an denen mit vielen Menschen, viel Lärm und heller oder wechselhafter Beleuchtung zu rechnen ist. Oft können Sie dann schon vorher beurteilen, dass Ihr Kind sich in dieser Umgebung nicht gut fühlen wird. Halten Sie sich dort nur kurz auf oder vermeiden Sie solche Plätze ganz. Dadurch helfen Sie dem Kind mit seiner Sensibilität besser umzugehen. Falls Sie solche lauten Welten besonders mögen, dann sprechen Sie sich mit Ihrem Partner ab. Sie finden bestimmt eine Lösung, bei der Sie kurz auf einen lauten und für Ihr Empfinden wunderbaren Flohmarkt gehen können und Ihr Partner in dieser Zeit mit dem Kind etwas anderes unternimmt. Es dreht sich nicht immer alles um Ihr Kind, auch die Erfüllung der eigenen Wünsche ist wichtig. Sicher finden Sie eine Lösung, die allen gerecht wird. Bei anderen Gelegenheiten stecken Sie dann zurück, während Ihr Partner seiner Vorliebe für bestimmte Dinge nachgehen kann. Familie bedeutet Geben und Nehmen, Sie werden gemeinsam darin wachsen und damit das Glück einladen.

5.1 Intensität: Die starken Gefühle Ihres temperamentvollen Kindes

Ihr besonderes Kind erlebt jede Emotion tief und intensiv. Diese Intensität spiegelt sich auch in seinen körperlichen Reaktionen wieder. Der Puls steigt, das Herz pocht heftig und Adrenalin wird freigesetzt. In so einem Moment kommt es unausweichlich zu einem Stressabbau in Form von schreien, um sich schlagen oder ähnlichen Reaktionen. Ihr Kind wird dann nicht laut und unausstehlich, weil es provozieren will, sondern es reagiert ganz natürlich auf seine extrem starke Aufregung.

Doch Sie können Ihrem Kind helfen, seine Gefühle besser zu regulieren. Damit Sie die intensiven Reaktionen Ihres Kindes besser verstehen und lindernd damit umgehen können, müssen Sie an den eigenen Kompetenzen der Emotionsregulation arbeiten. Wenn Sie gut mit Ihren

eigenen Gefühlen umgehen können, dann ist es auch wesentlich einfacher, diese Kompetenzen erzieherisch an das Kind weiterzureichen.
Natürlich bringt Sie Ihre Situation als Mutter oder Vater eines temperamentvollen Kindes häufig an Ihre Grenzen. Es ist schwierig, die Nerven zu behalten, wenn man ständig unter einem Schlafdefizit leidet und wenn selbst die einfachsten Bitten oder Aufforderungen, mit denen Sie sich an Ihr Kind wenden, mit Verweigerung und Geschrei quittiert werden.
Es wird leichter, wenn Sie sich bewusstmachen, dass Ihr Kind nicht gegen Sie kämpft. Sie sind nicht der Grund für sein Verhalten und brauchen sich nicht persönlich angegriffen zu fühlen. Durch dieses Wissen schaffen Sie sich ganz neue Reaktionsmuster. Sie können ruhig bleiben und empathisch auf Ihr temperamentvolles Kind reagieren, wenn es mal wieder außer sich ist. Diese neue Perspektive ergibt eine ganz andere Herangehensweise. Sie können zu sich selbst sagen: „Mein Kind hat einen Grund dafür, so aufgebracht zu sein. Gemeinsam werden wir diesen Grund herausfinden und das Problem auf diese Weise lösen. Wir sind eine Familie und ein Team, das erfolgreich und liebevoll miteinander kooperiert." Diese neue Denkweise wird Sie positiv begleiten, auch wenn Ihr besonderes Kind von den schlimmsten Trotzanfällen „geschüttelt" wird. Auch

weniger temperamentvolle Kinder erleben Wutanfälle und trotzen gelegentlich. Aber bei temperamentvollen Kindern haben diese Anfälle eine ganz andere innere und äußere Qualität, sie sind stärker und treten häufiger auf. Die Gründe für diese Trotzanfälle liegen meist nicht darin, dass das Kind irgendetwas durchsetzen möchte. Auch wenn das vordergründig so aussehen mag. Es ist eher so, dass sie bereits über Stunden oder gar Tage zuvor Emotionen von außen „aufgesaugt" haben und dann durch einen kleinen Anlass „explodieren".
Stella Chess und Thomas Alexander, die beiden US-amerikanischen Psychologen, über deren Studien zum Thema Temperament ich schon berichtet habe, definierten diese Art von Trotzanfällen als „Spillover-Trotzanfälle", als ein wildes Überschwappen von Emotionen. Temperamentvolle Kinder neigen zu solchen heftigen Ausrastern, denn sie werden häufig von einer Flut an Emotionen überrollt, denen sie machtlos gegenüberstehen. In so einem Moment sind die inneren Abwehrmechanismen funktionsunfähig. Dann braucht es Ihre Hilfe, um den Sturm der Gefühle bewältigen zu können, denn es selbst befindet sich weit jenseits der Grenze, an dem es sich noch selbst kontrollieren kann. Falls Ihr Kind sich in solch einem Moment destruktiv oder aggressiv verhält, ist das natürlich kein akzeptables Verhalten. Aber bitte thematisieren Sie das erst, wenn

das Kind sich wieder beruhigt hat. Dann erst ist die richtige Zeit gekommen, um ihm klar zu machen, dass diese Art von Verhalten von Ihnen nicht geduldet wird. Doch mitten im Sturm atmen Sie erst einmal tief durch und erinnern sich daran, dass Ihr Kind jetzt Hilfe braucht. Fragen Sie, was es benötigt, wie es sich fühlt, hören Sie ihm zu. Versuchen Sie, die wirkliche Quelle für den „Anfall“ zu identifizieren. Vielleicht hat Ihr temperamentvolles Kind aktuell ein Bewegungsdefizit oder die Umgebung ist ihm zu laut. Sobald Sie den Auslöser gefunden haben, können Sie ihn ausschalten.
Ein Kind, das einen Spillover-Trotzanfall durchmacht, befindet sich in höchster psychischer Not. Wenn es in solch einer Situation erlebt, dass Sie empathisch reagieren, dann wird das die Bindung zu ihm sehr stärken. Und eine starke Bindung bedeutet großes Glück!
Durch Nachfragen und Zuhören wird Ihr Kind auch selbst immer mehr lernen, die Gründe für seine Wutanfälle zu reflektieren. Es bekommt damit das richtige Material, um an sich arbeiten zu können. Es lernt, dass es diesen Gefühlen nicht hilflos gegenübersteht. Dieser Lernprozess wird dem Kind zu mehr Glück und Zufriedenheit verhelfen.

Ganz wichtig ist auch die spätere gemeinsame Reflexion des Geschehens. Dazu sollten Sie einen Zeitpunkt wählen, an dem Sie beide in ausgeglichener und ruhiger Stimmung sind. Bitte sehen Sie von Ermahnungen ab, denn diese Form der Kommunikation würde das Kind direkt in die Defensive treiben. Gestalten Sie das Gespräch als eine Einladung zur Zusammenarbeit. Werten Sie sein Verhalten nicht, sondern formulieren Sie Fragen und Vermutungen, warum es so reagiert hat. Vielleicht gab es einen Trotzanfall im Supermarkt, dann könnten Sie zum Beispiel sagen: „Ich frage mich, ob es dir zu laut und hell im Laden war." Diese Art von Sätzen sprechen nur Vermutungen aus, das Kind merkt aber, dass Sie sich mit seinen Gefühlen auseinandersetzen und ihm helfen möchten. Nun hat es die Gelegenheit zu sagen, ob die Vermutung stimmt, oder ob etwas anderes seinen Trotz hervorgerufen hat. Gemeinsam werden Sie den Grund finden, dann können Sie dem Kind die passenden Werkzeuge mit auf den Weg geben, auf die es das nächste Mal zurückgreifen kann. Seien Sie dabei möglichst konkret, denn in diesem Zusammenhang wäre das Kind von abstrakten Sätzen überfordert. Sagen Sie ihm einfach: „Wenn wir das nächste Mal zusammen einkaufen gehen, dann sagst du mir sofort, wenn es dir nicht gut geht." Sie können Ihr Kind auch fragen, wie es sich genau anfühlt, bevor es anfängt zu schreien und zu trotzen. Gerade kleinere Kinder haben noch keinen so großen Wortschatz, sie können also noch nicht

formulieren, was dabei in ihrer kleinen Seele vor sich geht. Aber sie sind erstaunlich gut darin, Bilder für ihre Emotionen zu finden.
Manche introvertierten temperamentvollen Kinder möchten nicht über ihre Gefühle sprechen. Falls Ihr Kind auch ungern verbal agiert, dann können Sie es darum bitten, ein Bild über die Situation und seine Gefühle dabei zu malen.

Vielleicht haben Sie auch Bedenken, den letzten Trotzanfall anzusprechen, aus Angst, Sie provozieren damit eine neue Wutattacke. Am Verhalten des Kindes können Sie erkennen, ob es gerade in der Lage ist, über das schwierige Thema zu reden. Wenn es den Augenkontakt mit Ihnen halten kann und zuhört, anstatt sich auf etwas anderes in der Umgebung zu konzentrieren, dann ist es der richtige Zeitpunkt. Durch das Gespräch mit Ihnen bekommt das Kind Verständnis für seine intensiven Gefühle. Und wenn Sie dann einen Plan aufstellen, wie es seine Emotionen beim nächsten Mal zeigen oder benennen kann, bevor es zum Ausbruch kommt, dann schenken Sie Ihrem Kind damit ein Sicherheitsnetz. Das erzeugt Vertrauen.

5.2 Die Entschlossenheit und Geduld Ihres besonderen Kindes

Temperamentvolle Kinder können sehr beharrlich sein. Wagt man es, ihre Pläne zu durchkreuzen, dann muss man mit einer sehr heftigen Reaktion rechnen. Es ist fast unmöglich sie abzulenken, sie geben niemals auf. Diese Art von Entschlossenheit kann zu täglichen Machtkämpfen führen. Machtkämpfe innerhalb der Familie sind belastende Situationen, in denen es am Ende keine Sieger, sondern nur verletzte Seelen gibt. Sie können aus diesem traurigen Kreislauf heraustreten, in dem Sie dem Kind vermitteln, dass es keine Gegner gibt, sondern ein Team. Konflikte aufgrund von gegensätzlichen Wünschen und Erwartungen können dann auf eine neue Art geklärt werden. Gemeinsam kann einen Mittelweg gefunden werden, der für beide Seiten akzeptabel ist. Zuerst müssen Sie dabei verstehen, warum das Kind etwas Bestimmtes unbedingt haben oder tun möchte. Fragen Sie es, dann erklären Sie ihm, was Ihnen in dieser Situation gerade wichtig ist und im letzten Schritt erarbeiten Sie gemeinsam einen Kompromiss. Durch dieses Vorgehen lehren Sie Ihrem Kind eine wertvolle Lektion für sein Leben. Es lernt, Lösungen für Konflikte oder Probleme zu finden und diese dann direkt anzuwenden. Das gibt Selbstvertrauen - eine wichtige Basis für das Glück.

Ihr beharrliches Kind spürt, dass Sie diesen Charakterzug an ihm wertschätzen, denn Sie kämpfen nicht länger gegen seine Entschlossenheit an. Sie akzeptieren seine Hartnäckigkeit und bringen das Gute darin hervor. Sie können Ihr Kind auch noch zusätzlich darin bestärken, wenn Sie in passenden Situationen zu ihm sagen: „Du hast das Durchhaltevermögen und die Energie, um einmal große Erfolge zu erzielen." Oder: „Ich bewundere dich, weil du so entschlossen und engagiert sein kannst, wenn dir etwas wichtig ist."
Durch diese Wertschätzung erlebt es Sie als wertvolle Unterstützung. Auf diesem Weg ist es dann auch viel leichter, dem Kind zu vermitteln, dass es Sie und andere Menschen respektieren muss und nicht immer mit dem Kopf durch die Wand gehen kann.

Für den Familienfrieden mit Säuglingen oder Kleinkindern, die extrem beharrlich sind, ist es wichtig, eine Umgebung zu gestalten, die nicht ständig Anlass für Machtkämpfe bietet. Sorgen Sie dafür, dass Gegenstände, die das Kind nicht anfassen soll, kindersicher verschlossen bzw. für das Kind unerreichbar sind, wie zum Beispiel elektronische Geräte oder Bücher. Andererseits können Sie das, was Ihr Kind gerne selbst erledigen möchte, so unterbringen, dass es problemlos danach greifen kann. Das betrifft beispielsweise die Unterbringung von Tassen oder die Haken für die Jacken. Diese und viele andere Dinge möchte das Kind wahrscheinlich selbst holen. Sie werden sich und der ganzen Familie viele Machtkämpfe ersparen, wenn die Wohnung kindgerecht eingerichtet ist. Natürlich müssen Kinder auf lange Sicht lernen, zu respektieren, dass manche Sachen anderen gehören. Aber das funktioniert erst, wenn sie ein wenig älter sind. Im Kleinkindstadium ist der Drang zum Forschen ausgeprägt, beharrliche Kinder können sich dann noch nicht selbst stoppen.

Wie beharrlich sind Sie selbst?

Beharrlichkeit ist häufig eine Eigenschaft innerhalb der Familie. Vielleicht sind Sie auch ähnlich beharrlich und so entschlossen wie Ihr Kind. Dann kann es dazu kommen, dass Sie gerade über etwas völlig Überflüssiges einen Konflikt austragen. Sie als Erwachsene sind dann gefragt nachzugeben, auf den Weg der Problemlösung umzuschwenken oder aus der Situation ganz herauszutreten, weil Sie spüren, dass sich Ihr Eigensinn gerade nicht auf einen Kompromiss einlassen möchte oder kann. Gönnen Sie sich hierauf eine Ruhezeit, in der Sie herunterfahren können. Sie müssen nie übermenschlich reagieren, auch Eltern sind einfach nur Menschen mit bestimmten Prägungen, Bedürfnissen und Launen.

Liebevoll aber bestimmt „Nein" sagen!

Für ein glückliches Familienleben mit beharrlichen, temperamentvollen Kindern ist es wichtig, oft „Ja" zu sagen oder gemeinsam Konflikte zu lösen. Allerdings ist es ebenso wesentlich, auch „Nein" sagen zu können. Klare Grenzen zu setzen schenkt diesen Kindern Sicherheit und ein stabiles Fundament, auf dem sie ihre Persönlichkeit voller Vertrauen entfalten können. Natürlich werden diese auf Ihr „Nein" zunächst rebellisch reagieren und daraufhin ist es nicht einfach, bei dem „Nein" zu bleiben. Vermitteln Sie es so, dass es für Ihr Kind nicht verletzend oder gar demütigend ist.

Überlegen Sie sich, wann genau Sie „Nein" sagen möchten. Das ist mit Sicherheit dann der Fall, wenn sich Ihr Kind selbst oder andere in Gefahr bringt oder wenn es respektlos oder verletzend ist.

Wenn Sie Ihr Kind von einer bedenklichen Handlung abhalten möchten, dann schreien Sie „Nein" nicht quer durch den Raum. Gehen Sie auf Augenhöhe und erklären Sie, dass es damit aufhören muss. Sagen Sie ihm, dass es gefährlich ist, was es gerade ausprobiert und dass Sie für seine Sicherheit sorgen. Sollte es seine Aktion nicht stoppen, dann kündigen Sie die Konsequenzen an. Hat auch das keine Wirkung, dann tun Sie das, was Sie als Folge angekündigt haben. Sprechen Sie mit fester,

aber nicht lauter Stimme. Diese Form der Reaktion ist effektiv, aber trotzdem von Wertschätzung begleitet. Grenzen zu setzen und diese auch durchzuziehen helfen Ihrem Kind dabei zu wissen, was es erwartet. Das gibt ihm Sicherheit, denn es hat die Chance, Ihre Reaktion vorher zu kennen. Es kann durch sein Verhalten frei wählen, ob es diese Konsequenz in Kauf nehmen möchte. Bei vorher angekündigten Konsequenzen spricht man auch von transparenten Grenzen. Transparent deshalb, da es für das Kind nicht zu Überraschungen kommt, die es nicht einordnen könnte.
Falls Sie Ihre Ankündigung nicht in die Tat umsetzen, wird Ihr Kind sein Verhalten steigern. Dann wird nämlich getestet, wo genau die Grenze wirklich verläuft. Deshalb sollten Sie sich vorher gut überlegen, welche Konsequenz Sie letztlich auch wirklich realisieren werden.

Je jünger Ihr Kind ist, desto häufiger werden Sie in die Lage kommen, eine Grenze durch ein „Nein" setzen zu müssen. Doch mit zunehmendem Alter können Sie immer mehr mit einer problemlösenden Zusammenarbeit rechnen. Falls es mit Kindern im Grundschulalter noch oft zu Situationen kommt, die ein „Nein" erfordern, dann sollten Sie die Lage analysieren. Fragen Sie sich, ob Ihr Kind ausreichend Gelegenheit dazu hat, um eigene Entscheidungen zu treffen. Und darf es selbständig Dinge tun, zu denen es entwicklungsbedingt bereits in der Lage ist? Falls das nicht der Fall sein sollte, dann gestehen Sie dem Kind einen größeren Freiraum zu.

5.3 Schwierige Übergänge mit temperamentvollen Kindern

Mit Übergängen sind in diesem Zusammenhang eine Veränderung in der Aktivität oder das Wechseln des Ortes gemeint. Temperamentvolle Kinder können schon kleine Veränderungen als eine große Herausforderung spüren, zum Beispiel der Übergang vom Spiel zum gemeinsamen Essen. Sie passen sich solchen Veränderungen nur langsam an. Es kommt zu Dramen, wenn es sich um überraschende Übergänge handelt. Sie können gegensteuern, in dem Sie diese Übergänge ankündigen und gut planen.

Der normale Tagesablauf sollte mit Kindern, denen Übergänge schwerfallen, aus vorhersehbaren Routinen bestehen. Solche Routineabläufe vermitteln ihm ein Gefühl der Sicherheit und Geborgenheit.

Temperamentvolle Kinder kommen pro Tag nur mit einer überschaubaren Anzahl von Veränderungen

zurecht. Wenn Ihr Kind auch sensibel auf Übergänge reagiert, dann können Sie eventuell einige Übergänge aus dem Tagesplan streichen. Das kann beispielsweise eine Aktivität am Nachmittag betreffen oder ähnliches. Reden Sie mit Ihrem Kind vorher darüber, wie wichtig ihm die Dinge sind, die Sie ins Auge gefasst haben. Es sollte ein Mitspracherecht haben und mit auswählen dürfen.
Manchmal muss man einfach das Lebenstempo ein wenig drosseln, um temperamentvollen Kindern das Leben zugänglicher zu machen.

Die Zeit ist ein wichtiger Faktor, Ihr Kind braucht davon reichlich, um Übergänge erfolgreich und ohne Trotzanfälle zu überstehen. Planen Sie zusätzliche Minuten ein, stellen Sie sich zur Not den Wecker am Morgen früher, damit Sie und Ihr Kind ganz in Ruhe die Morgenroutine durchlaufen können. Manchmal macht eine Viertelstunde viel aus. Aus einem Morgen voller Hektik und Drängen wird eine relativ gelassene Zeit mit einem ausgeglichenen Kind.

Kleinkinder besitzen noch kein Zeitverständnis. In diesem Alter muss man auf andere Mittel zurückgreifen, um Übergänge behutsam vorzubereiten. Wenn es allmählich Zeit wird, den Spielplatz zu verlassen, dann

können Sie zum Beispiel sagen, dass es noch dreimal rutschen kann, bevor es nach Hause geht. Oder Sie stellen den Wecker und erklären dem Kind, dass es baden muss, wenn das Klingelzeichen ertönt.
Je öfter Sie so handeln und umso älter Ihr Kind wird, werden Übergänge auf diese Weise leichter werden. Das Kind wird verinnerlichen, dass Sie ihm durch Ankündigungen die Zeit geben, um sich auf Veränderungen einzustellen.
Zeigen Sie Ihrem Kind wie stolz Sie sind, wenn es eine Veränderung gelassen gemeistert hat. Loben Sie es auch, wenn es von selbst Vorbereitungen trifft, um eine neue Aktivität zu beginnen. Mit diesem Lob zeigen Sie, dass Sie seine Anstrengungen zu würdigen wissen. Ihre positive Reaktion wird das Kind stärken und weitere Erfolge mit sich bringen.

Glauben Sie an sich und Ihr Kind!

Vielleicht sind Sie als Elternteil eines besonderen Kindes etwas verunsichert, weil Ihr Kind nicht so „funktioniert", wie es die Gesellschaft gerne sieht. In unserer Zeit der Optimierung ist auch der Bereich der Erziehung auf Leistung ausgerichtet. Da werden Kinder, deren Verhalten aus dem Rahmen fällt, schnell pathologisiert. Als Folge verlieren deren Eltern das Vertrauen in sich, in ihre Erziehungsfähigkeiten und auch in das Kind selbst. Lassen Sie sich nicht verunsichern! Ihr Kind ist gut so wie es ist. Lassen Sie sich nie einreden, dass Kinder funktionieren und in standardisierte Tabellen eingeordnet werden müssen.

Durch den Druck von außen wird die Eltern-Kind-Beziehung unnötig belastet. Gerade weil Eltern ihre Kinder lieben, sind sie leicht zu verunsichern. Für Ihr besonderes Kind (und auch für alle anderen Kinder) gibt es in Sachen Erziehungsfragen keine allgemeingültigen Lösungen, es gibt nur *individuelle* Lösungen. Sie dürfen ganz individuell auf Ihr Kind eingehen und es in seiner ganzen Persönlichkeit und mit all seinen Bedürfnissen ernst nehmen.

KAPITEL 6:

Die Glücksbausteine

Wenn Sie Ihre grundsätzlichen Erziehungsziele durchschauen, dann verlieren Sie diese im Alltag nicht so schnell aus den Augen und können sie ganz bewusst verfolgen!

Neben den Grundbedürfnissen, wie zum Beispiel Nahrung und Schlaf, existieren noch weitere, weniger offensichtliche Bedürfnisse. Sie sind emotionaler Natur. Wenn diese langfristig nicht erfüllt werden, dann wird das Kind (oder auch der Erwachsene) unglücklich.

6.1 Glücksbausteine: Authentizität und Identität

Jedes Kind möchte so sein wie es ist, ohne sich für die Eltern oder andere Bezugspersonen verbiegen zu müssen. Das Bedürfnis nach Authentizität und Identität besteht von Geburt an.
Auch Ihr Kind möchte so angenommen und geliebt werden, wie es seiner Individualität entspricht, mit seinem ganzen Sein und in allen Facetten.

Werden einem Kind ein Übermaß an Anpassungsleistungen an die Wünsche der Eltern abverlangt, kann es sich nicht entwickeln und entfalten. Die Folge davon wird sein, dass es zu einem Menschen heranwächst, der sich Zeit seines Lebens diffus unglücklich fühlt. In der Psychologie spricht man hier von einem diffusen Gefühl des Unglücks, da der oder die Betroffene es meist nicht wirklich benennen kann, was ihn bedrückt. Salopp ausgedrückt kann man es so benennen: Es fühlt sich an wie „neben der eigenen Spur“ zu sein.

Wenn Sie das Glück Ihres Kindes fördern möchten, dann akzeptieren Sie es, weil es so ist wie es ist - und nicht dafür, was und wie es nach Ihren Wünschen sein sollte. Ihr Kind wird Glück und innere Sicherheit empfinden, wenn es fühlt, dass Sie es um seiner selbst willen lieben und akzeptieren.

Die Basis der Akzeptanz ist die bedingungslose Liebe zum Kind. Sie schafft ein Klima, in dem sich das Glück entfalten kann.

Die Akzeptanz, die ich hier beschreibe, ist selbstverständlich nicht gleichbedeutend mit dem Verzicht auf das Setzen von Grenzen oder einem kritiklosen Gewährenlassen bei jeder Art von Verhalten. Ganz im Gegenteil, gerade Kinder, die sich in ihrer Ganzheit akzeptiert fühlen, sind viel früher dazu in der Lage, Grenzen und Bitten zu verstehen und ihnen nachzukommen. Das liegt daran, dass sie diese Anliegen der Eltern in einer Atmosphäre vermittelt bekommen, die grundsätzlich von Liebe und Unterstützung geprägt ist.

6.2 Glücksbaustein: Akzeptanz

Sie kennen nun die drei Grundmuster der Temperamente. Dieses Wissen können Sie proaktiv für die Erziehung zum Glücklichsein einsetzen. Ein paar kleine Anregungen habe ich Ihnen ja schon gegeben. Dabei ging es um das Einrichten einer Extra-Zeit und das Vorbereiten von neuen Situationen.
Anhand eines weiteren Praxisbeispiels zeige ich Ihnen jetzt, wie Sie mit Lachen und Humor eine weitere Portion Glück in das Leben Ihres Kindes bringen können. In diesem Beispiel wird das Kind so akzeptiert, wie es ist. Gleichzeitig werden ihm Wege angeboten, wie es sich besser und glücklicher fühlen kann.

Praxisbeispiel

Lenas und Martins Sohn Max ist vier Jahre alt. Max hat zwei ältere Schwestern, sie sind sieben und neun Jahre alt. Lena erzählt: „Max ist schon mit einem wütenden Gesichtsausdruck geboren worden. Das ist seine

Grundstimmung geblieben. Er lacht sehr wenig und hat oft schlechte Laune. Mia und Karin, seine beiden älteren Schwestern, haben ein sonniges Gemüt. Es ist leicht mit ihnen umzugehen. Bevor Max auf die Welt kam, fühlten wir uns als Eltern in der Art unserer Erziehung absolut kompetent und sicher. Nun stellen wir uns mehr und mehr in Frage."

Martin fügt hinzu: „Ich habe das Gefühl, dass vor allen Dingen Max selbst unter seiner schlechten Laune und seinen häufigen Wutausbrüchen leidet. Er steckt mit seinen vier Jahren schon ziemlich fest in seiner Rolle als Stimmungskiller der Familie."

Lena und Martin wollen ihren Sohn Max aus dieser festgefahrenen Rolle befreien und sein Leben heller gestalten, damit er mehr Glück und Freude empfinden kann. Die beiden haben einen Weg dorthin gefunden, indem sie unter anderem das Prinzip der Spiegelneuronen ganz bewusst einsetzen. Spiegelneuronen sind Nervenzellen im menschlichen Gehirn. Diese Nervenzellen machen es dem Menschen möglich, beobachtete Emotionen nachzuempfinden. Sie kennen das bestimmt: Wenn Sie jemand anlächelt, dann lächeln Sie automatisch zurück und in diesem Moment hebt sich Ihre Stimmung. Im sozialen Kontext sind die Spiegelneuronen die Basis für Empathie.

Seitdem Lena und Martin über die Automatismen

dieser Nervenzellen gelesen haben, lächeln sie Max nun häufig an, auch wenn dieser gerade eine missmutige Phase durchlebt. Sie lesen ihm lustige Bücher vor und unternehmen Dinge, die ihm besonderen Spaß machen. Ganz langsam, aber nachhaltig, konnten sie auf diese Weise seine Grundstimmung zum Positiven verändern.
Auf der anderen Seite nehmen sie ihn in seiner leicht schwermütigen Art und Weise aber auch ernst. Sie reden geduldig mit ihm über seine Sicht der Welt. In jedem Kind steckt ein kleiner Philosoph und Max liebt es, über grundlegende Fragen des Lebens und der Welt nachzudenken und mit seinen Eltern oder Schwestern darüber Gespräche zu führen. Bei diesen kindgerechten philosophischen Gesprächen führen Lena und Martin ihren Sohn Max auch ganz bewusst an das Thema Glück heran. Dabei fragen sie ihren Sohn, was er denkt, was er zum Glücklichsein braucht. Kinder drücken sich oft in Bildern aus, Max hat auf diese Frage zum Beispiel geantwortet: „Mein Zimmer macht mich glücklich." Übersetzt bedeutet das, dass es für ihn sehr wichtig ist, einen Ort des Rückzugs und der Ruhe zu besitzen.
Max gehört zu den Kindern, die neben den allgemeinen Glücksgrundlagen wie Liebe, Akzeptanz und ähnliches auch ein intellektuelles Tor zum Thema Glück brauchen.

6.3 Ihre Einstellungen und Erwartungen

Welche Erwartungen hatten Sie vor der Geburt Ihres ersten Kindes? In der Regel wünschen sich alle Eltern gesunde, kluge und glückliche Kinder. Und sie erwarten von sich selbst, als Eltern immer liebevoll, geduldig und zugewandt zu agieren.

Natürlich können diese Idealvorstellungen nicht immer mit der Realität mithalten.

Wünsche und Träume sind einflussreiche Faktoren für das Zusammenleben im Familienverbund und für sämtliche Interaktionen untereinander.

Falls Ihre Kinder grundsätzlich so sind, wie es Ihren Erwartungen entspricht, dann fällt die Akzeptanz leicht und die Erziehung zum Glück sicher auch. Falls es aber relativ wenig Übereinstimmungen zwischen Ihren Erwartungen und der Realität gibt, dann sollten Sie etwas verändern - und zwar Ihre Wünsche und Erwartungen an das Kind. Die hilfreiche Fragestellung lautet dann: Was kann ich in Zukunft anders machen, damit mein Kind sich voll und ganz akzeptiert und geliebt fühlt? Noch davor sollte die schlichte Einsicht kommen: Ja, mein Kind ist anders als ich gehofft hatte. Ich liebe es, aber einige Elemente seines Charakters kann ich nur schwer annehmen.

Vielleicht ist Ihr Kind extrem introvertiert. Dabei war

es Ihr Wunsch, ein beliebtes und sehr kontaktfreudiges Kind zu haben. Hinterfragen Sie, warum Sie sich ein Kind mit einem extrovertierten Charakter gewünscht haben. Vielleicht sind Sie selbst jemand, der in Gesellschaft so richtig aufblüht? Oder Sie selbst sind introvertiert, aber mit diesem Charakterzug nicht wirklich zufrieden und Ihr Kind soll diese „Wunde" nun stellvertretend für Sie heilen?

Die Erziehung zum Glück beinhaltet die Konfrontation mit dem eigenen Ich. Manchmal ist dieser Prozess schmerzhaft, aber glauben Sie mir, Sie werden daran wachsen und mit den neuen Erkenntnissen über Ihre eigene Psyche auf lange Sicht glücklicher werden. Dieses Wohlbefinden können Sie dann auch entspannt an Ihre Kinder weiterreichen.

Mit Ihren Kindern kommen auch viele Erinnerungen an die eigene Kindheit in das Bewusstsein zurück. Gerade in stressigen Situationen steigen manche Dinge an die Oberfläche des Bewusstseins. Psychologen sprechen in diesen Fällen von der „Rückkehr der frühen Geister aus dem Kinderzimmer".

Das muss Ihnen keine Sorge bereiten, denn es ist völlig normal, dass Ihre eigenen Erfahrungen in der Kindheit die Basis für die Interpretation Ihrer aktuellen Erfahrungen als Mutter oder Vater sind.

Wenn Sie den Blick auf Ihr Kind von den persönlichen Erwartungen und Wünschen abkoppeln, wird der Blick auch für seine Stärken und Begabungen frei. Vielleicht sind diese Talente vorher etwas untergegangen, da sie nicht seinem Idealbild entsprachen. Nun können Sie gerade diese Stärken und Begabungen fördern und damit Ihr Kind glücklicher machen.

Sie sind zum Beispiel Extremsportler und Ihr Sohn erreicht in der Schule gerade eine knappe Drei im Sport? Und er zeigt auch kein Interesse daran, in seiner Freizeit einem Sportverein beizutreten oder einmal ganz entspannt im Garten mit Ihnen Fußball zu spielen? Dafür glänzt Ihr Sohn jedoch in Mathematik oder kann ausgesprochen einfühlsam mit Tieren und kleinen Kindern umgehen?
Distanzieren Sie sich von Ihren Erwartungen in Sachen Sport, nehmen Sie sein Anderssein nicht als Angriff auf Ihre Persönlichkeit wahr. Fördern Sie seine individuellen Begabungen!
Ganz bestimmt finden Sie auch mindestens eine Sache, die Ihnen beiden gleichermaßen Freude bereitet. Manchmal muss man suchen, aber eine Schnittmenge ist immer zu finden. Hier könnte die gemeinsame Schnittmenge beim Schachspielen liegen. Das haben Sie noch nie ausprobiert? Viele Eltern finden durch ihre Kinder

zu ganz neuen Hobbys, die ihnen viel Freude bereiten. Und die besondere Freude liegt natürlich auch in der gemeinsamen Aktivität. Durch gemeinsames Handeln findet man zueinander, die Liebe und das Glück können frei fließen.

6.4 Akzeptanz und Zusammenarbeit

Kinder sind bei der Entstehung von Akzeptanz nicht nur inaktive Zuschauer. Selbstverständlich sind Sie als Mutter oder Vater zuerst in der Verantwortung, eine Veränderung zu initiieren. Aber Ihr Kind ist auch Ihr Partner. Kinder können mitunter sehr gut zeigen oder formulieren, was sie gerade brauchen, um ihrem Glück näher zu kommen. Darin sind sie völlig lösungsorientiert und pragmatisch.

Praxisbeispiel für den Bereich der Zusammenarbeit:

Jeden Abend beginnt in Davids Familie eine Tragödie, wenn der Fünfjährige schlafen gehen soll. Er weint und steht unzählige Male wieder auf. Natürlich bringen seine Eltern ihn liebevoll zu Bett, lesen ihm dort noch eine Geschichte vor und sprechen mit David über den Tag. Aber spätestens, wenn sie das Kinderzimmer verlassen, kippt

seine Stimmung. Seine Eltern sind allmählich ratlos, wie sie mit dieser Situation umgehen sollen. Bis vor einiger Zeit hatte David nie Probleme beim Einschlafen gehabt. Erschwerend kommt noch hinzu, dass David vor drei Monaten eine kleine Schwester bekommen hat. Mit seinem Schreien und Weinen weckt er regelmäßig das Baby auf. Verständlicherweise liegen die Nerven seiner Eltern blank, die neue Familienkonstellation fordert auch ohne weitere Komplikationen viele Energien. Und am Abend sehnen sich diese einfach nach einer Zeit der Ruhe und Entspannung. Sie führen Davids Probleme beim Einschlafen auf Eifersucht bezüglich des Geschwisterchens zurück, da es fast zeitgleich mit der Geburt von Kati zu diesen Schwierigkeiten kam.
Und nun kommt das Element der Zusammenarbeit ins Spiel. Eines Abends fragt Davids Mutter ihn, was er denn braucht, um einschlafen zu können. Und erstaunlich zielgerichtet und lösungsorientiert antwortet David: „Ich möchte ein Nachtlicht neben meinem Bett haben, damit es nicht ganz dunkel in meinem Zimmer ist, denn dann können die Monster nicht kommen."
Nie zuvor hatte David artikuliert, dass er Furcht im Dunkeln vor angeblichen Monstern hatte. Seine Eltern sprachen mit ihm über diese Angst, sie erklärten David, dass es keine Monster gibt und dass sie immer auf ihn aufpassen. Gleichzeitig nahmen sie seine Furcht ernst

und schenkten ihm ein Nachtlicht. Seitdem hat David beim Einschlafen nur noch sehr selten Schwierigkeiten. Der Grund und die Lösung für seine Probleme lagen also gar nicht, wie angenommen, in der Ankunft der kleinen Schwester begründet. Er lag in seiner Fantasie, die sich ganz altersgemäß weiterentwickelte. So viel kann eine einfache Frage und die Idee der Zusammenarbeit bewirken.

Auch Ihr Kind ist ein kompetenter Partner. Mit einfachen Fragen können Sie herausfinden, was es bewegt und wie man die aktuellen Probleme und Missstimmungen beheben kann.

Manchmal scheinen die Ursachen der Probleme so offenkundig zu sein, in diesem Falle war es die Geburt der kleinen Schwester. Und es ist kein Manko, zunächst vom Offenkundigen auszugehen. Damit zeigen Sie Verständnis für Ihr Kind. Aber bitte fragen Sie immer genau nach, dann werden Sie vielleicht eine völlig überraschende Antwort bekommen. Und diese Antwort wird neue Wege im Verstehen aufzeigen. Und damit neue Wege in Richtung entspanntes Familienglück.

Kinder sind soziale Wesen und Teamworker. Sie möchten sich mit ihren Eltern verbinden und gemeinsam mit ihnen gestalten und wirken.

6.5 *Glücksbausteine: Liebe und Wertschätzung*

Ganz sicher lieben Sie Ihre Kinder. Aber es ist fundamental wichtig, ihnen diese Liebe auch deutlich zu zeigen. Ihre Kinder sind für ihr Glück darauf angewiesen, elterliche Liebe zu erfahren. Das kann mit Worten geschehen oder mit Umarmungen und Küssen. Beides ist wichtig, die verbale Ebene ebenso wie die nonverbale. Es kann sein, dass Sie in einer Familie aufgewachsen sind, in der es nicht üblich war zu sagen: „Ich hab dich lieb." Oder Sie sind von Ihren Eltern selten oder vielleicht auch nie umarmt und gestreichelt worden. Sie können diese alten Muster durchbrechen und Ihrem Kind die Sicherheit des Geliebtseins schenken. Die Liebe, die Sie Ihrem Kind deutlich zeigen, gibt ihm den Mut, seine eigene Identität zu entwickeln. Das sichere Gefühl, sich geliebt zu wissen, macht Ihr Kind glücklich. Liebende Eltern, die dieses Gefühl artikulieren und körperlich vermitteln, sind eine nie versiegende Quelle der Kraft für das Glück ihrer Kinder.

Sie brauchen keine Bedenken zu haben, dass Sie Ihr Kind mit zu viel Liebe verwöhnen. Die Annahme, dass Kinder, deren Eltern häufig und offen ihre Liebe demonstrieren, sich zu egoistischen Persönlichkeiten entwickeln, stammt aus der längst überholten „Kasernenhofpädagogik". Das

Gegenteil trifft zu: Kinder entwickeln viel eher Empathie, können Grenzen akzeptieren und hören zu, wenn sie sich geliebt fühlen. Liebe setzt immer einen positiven Kreislauf in Gang.
Jede einzelne Interaktion mit Ihrem Kind ist eine Gelegenheit zu vermitteln, dass es um seiner selbst willen geliebt und geschätzt wird.

6.6 Loben ist ein Element der aktiv vermittelten Wertschätzung und Liebe

Wie oft loben Sie Ihr Kind?
Wenn Sie mögen, dann führen Sie doch mal eine Strichliste darüber, wie oft Sie Lob und Kritik an einem Tag einsetzen. Überwiegt das Lob? Das ist prima! Und falls Sie anhand der Strichliste realisieren, dass Sie häufiger Kritik äußern als zu loben, können Sie das ab sofort bewusst ändern.
Wenn Kinder kontinuierlich mehr Kritik als Lob einstecken müssen, dann spricht man in der Psychologie von einem Lobdefizit. Die Folge eines Lobdefizites ist ein negatives Selbstbild.

Lob macht Kinder stark und glücklich!
Kinder fordern oft das Lob direkt ein: „Schau mal Mama,

was ich schon alleine kann!“ Wenn Sie Ihr Kind loben, dann vermitteln Sie ihm das Gefühl, stolz auf sich selbst sein zu können. Daraus resultiert Selbstvertrauen in die eigenen Fähigkeiten. Beim Loben gibt es kein zu viel des Guten, denn auch Kleinigkeiten sind es wert, gesehen und positiv kommentiert zu werden.

Richtig loben

Manchmal ist es wichtiger, nicht das Ergebnis zu loben, sondern den Prozess, denn damit loben Sie die Anstrengung und die Arbeit, die das Kind auf sich genommen hat. Mit den Worten: „Du hast dir große Mühe gegeben und hart für den Mathematiktest gelernt.“, zeigen Sie Ihre Anerkennung für die Ausdauer des Kindes.

Loben Sie Ihr Kind nicht zu oft mit allgemeinen Worten, sondern werden Sie ganz konkret. Wenn Ihr Kind ein Bild gemalt hat, dann können Sie zum Beispiel die gelungene Zusammenstellung der Farben oder einzelne Details loben.

Seien Sie beim Loben immer authentisch! Kinder spüren sofort, wenn ein Lob nicht echt ist.

Bitte loben Sie nicht vergleichend. „Super, du kannst

viel höher klettern als dein Bruder.“ Solche Sätze gilt es zu vermeiden, denn damit fördern Sie unter den Geschwistern unerwünschtes Konkurrenzdenken. Heben Sie lieber die Stärken jedes Ihrer Kinder durch ein Lob hervor.

Loben Sie zeitnah, denn nur dann kann das kindliche Gehirn das Lob mit seiner Aktivität verbinden. Dieser Tipp sollte natürlich auch abhängig vom Alter deines Kindes eingesetzt werden. Je jünger das Kind ist, umso zeitnaher sollte es gelobt werden.
Loben Sie häufiger, wenn es ein positives neues Verhalten lernen soll. Vielleicht fällt es ihm schwer, sich umzustellen und dann ist es besonders wichtig, dass es Ermutigung erhält.

Sagen Sie öfter aufbauende Worte und Sätze zu Ihrem Kind, Worte der Ermutigung und des Beistandes, vor allem in schwierigen Situationen. Lassen Sie die Mehrzahl der Botschaften positiv klingen. Eltern, die positive und aufbauende Worte zu ihren Kindern sagen, legen damit eine Basis für das Glück der Kinder.

Würdigen Sie die Erfolge Ihres Kindes

Jede Anforderung, die ein Kind gemeistert hat, ist ein

schöner Erfolg. Kinder lieben das Gefühl, etwas geleistet zu haben. Es macht sie glücklich und zufrieden. Bestärken Sie Ihr Kind darin, zeigen Sie ihm offen Ihre Freude über seine Erfolge, auch wenn es sich um Teilerfolge handelt. Damit signalisieren Sie ihm die mentale Unterstützung beim Bewältigen von Herausforderungen.
Geben Sie Ihrem Kind auch das Gefühl, dass seine Erfolge durch sein eigenes Zutun entstanden sind. Denn gerade Kinder mit einem schwachen Selbstwertgefühl neigen dazu, ihre Erfolge günstigen Umständen oder anderen äußeren Faktoren zuzuschreiben. Geben Sie Ihrem Kind zu verstehen, dass es aktiv an seinem Erfolg beteiligt ist.

Richten Sie Ihre Aufmerksamkeit und Energien auf die Stärken des Kindes. Damit lösen Sie eine Welle des Selbstbewusstseins aus. Kinder mit einem starken Selbstbewusstsein sind glückliche Kinder und auch eher dazu in der Lage, an ihren Schwächen zu arbeiten.

6.7 Glücksbausteine: Extra-Zeiten als Zeichen der Liebe und Akzeptanz

Reservieren Sie Ihrem Kind bzw. jedem Ihrer Kinder in der Woche eine Zeit, die Sie nur ihm widmen. Markieren

Sie diese Zeit im Kalender und sprechen mit dem Kind darüber, dass dieser Zeitraum ausschließlich für das gemeinsame Zusammensein bestimmt ist. Lassen Sie sich in dieser Zeit von nichts ablenken. Das Telefon klingelt? Schalten Sie die Mailbox oder den Anrufbeantworter ein. Mit solchen Extra-Stunden zeigen Sie dem Kind, wie wichtig es für Sie ist. In dieser Atmosphäre fühlen sich Kinder geliebt und wertgeschätzt.

Selbstverständlich kann es auch spontan zu weiteren Extra-Zeiten kommen. Wenn Sie mehrere Kinder haben, dann reservieren Sie auch eine separate Zeit, in der Sie sich allen Kindern gemeinsam widmen.

Die Extra-Zeit für das einzelne Kind wird den Effekt haben, dass die Rivalität unter den Geschwistern um die Zeit von Mama oder Papa begrenzt wird. Denn damit weiß das Kind: Ich habe einen Elternteil für einen bestimmten Zeitraum nur für mich allein. Ich muss nicht um diese Zeit kämpfen.

6.8 Glücksbaustein: Verbundenheit

Es gehört zu den fundamentalen menschlichen Grundbedürfnissen, sich mit anderen Menschen emotional verbunden zu fühlen. Wir alle möchten Teil einer Gemeinschaft sein. Dieser Fakt konnte durch neurobiologische Studien untermauert werden.

„Da sie mit der Ausschüttung der Glücksbotenstoffe Dopamin, Oxytocin und Opiode einhergehen, sind gelingende Beziehungen das unbewusste Ziel alles menschlichen Bemühens. Ohne Beziehung gibt es keine dauerhafte Motivation. Die von den Motivationssystemen ausgeschütteten Botenstoffe belohnen uns nicht nur mit subjektivem Wohlergehen, sondern auch mit körperlicher und mentaler Gesundheit. Dopamin sorgt für Konzentration und mentale Energie, die wir zum Handeln benötigen. Besonders relevant ist jedoch das, was das Oxytocin und die endogenen Opiode leisten: Sie reduzieren Stress und Angst, indem sie das Angstzentrum der Mandelkerne (Amygdala) und das oberste Emotionszentrum (Anteriorer cingulärer Cortex) beruhigen."

Zitat aus dem Buch: „Prinzip Menschlichkeit – Warum wir von Natur aus kooperieren"

Autor: Joachim Bauer

Das Glück hinterlässt in der Biochemie unseres Gehirns noch mehr Spuren. Die interdisziplinäre Glücksforschung unterscheidet zwischen vier Arten von Glück, welche jeweils von bestimmten Botenstoffen ausgelöst werden.

1. *Das Glück der Vermeidung.* Wenn der Mensch einer Gefahr entgeht oder sie erfolgreich übersteht, tritt das Gefühl der wohligen Entspannung durch die Absenkung des Adrenalin- und Kortisolspiegels ein. Bei Adrenalin und Kortisol handelt es sich um Hormone, die bei Stress ausgeschüttet werden.
2. *Das Glück des Wollens.* Wenn wir unbedingt etwas erreichen wollen, wird das „Glückshormon" Dopamin ausgeschüttet. Dopamin versorgt Körper und Seele mit Energie und gilt als Motivator, um Ziele zu erreichen. Neben dem Dopamin wird beim Wollen und Streben auch Endorphin produziert, auch dieser körpereigene Stoff wird populärwissenschaftlich gerne als Glückshormon bezeichnet. Endorphin löst Glückszustände bis zu einem Grad der Euphorie aus.
3. *Das Glück des Seins.* Wenn unsere Bedürfnisse befriedigt sind, dann sorgt körpereigenes Morphium für einen entspannten Zustand der Zufriedenheit. Für innere Ruhe und eine gehobene Stimmung sorgt das „Wohlfühlhormon" Serotonin.
4. *Das Glück der Bindung.* Bei Gefühlen der Verbundenheit ist das oben schon erwähnte Oxytocin im Spiel.

Mit diesem kleinen Ausflug in die Biochemie unseres Gehirns möchte ich Ihnen verdeutlichen, wie sehr der Mensch bzw. das Kind auf emotionale Verbundenheit und intensive Beziehungen angewiesen ist.

6.9 Die zugewandte Wahrnehmung als Ausdruck der Verbundenheit

Eine gute Eltern-Kind-Beziehung besteht ebenso aus Zuhören und Blickkontakt. Der Mensch ist ein visuelles Wesen. Ihr Kind fühlt sich dann richtig wahrgenommen, wenn Sie ihm in die Augen schauen. Ein Spruch sagt: „Die Augen sind der Spiegel der Seele." Wenn man jemandem in die Augen schaut, dann nimmt man Kontakt zu seinem Innersten, der Seele, auf. Ein Gespräch, welches mit direktem Blickkontakt geführt wird, hat eine hohe emotionale Qualität.

Sicher haben Sie diese Beobachtung auch schon bei sich selbst gemacht: Wenn Ihnen jemand beim Reden in die Augen schaut, dann fühlen Sie sich ganz anderes angesprochen als wenn derjenige so nebenbei mit Ihnen spricht, während sein Blick durch andere Sachen abgelenkt ist.

Bitte schauen Sie Ihr Kind direkt an, wenn Sie mit ihm sprechen. Besonders dann, wenn Sie ihm eine wichtige

Botschaft vermitteln möchten. Der Blickkontakt zum Kind ist ein Teil der zugewandten Wahrnehmung und kommuniziert Interesse und Verbundenheit.
Schenken Sie auch den Hobbys und Interessen Ihres Kindes echte Aufmerksamkeit. Das zeigt ihm, dass es für Sie attraktiv und wertvoll ist.
Zuweilen kann es anstrengend sein, in die Welt der Pokémon, Dinosaurier oder Automarken einzutauchen. Aber wenn Ihr Kind für etwas „brennt", dann ist es gut, zuzuhören, auch wenn es sich langatmig über Details der neuesten Spielzeugwelten auslässt. Die Mühe lohnt sich, denn eigentlich schenken Sie ja nicht dem jeweiligen Thema Aufmerksamkeit, sondern Ihrem Kind.

6.10 Stärkung der Verbundenheit durch gemeinsame Familienzeiten

Der Alltag ist häufig straff durchorganisiert, trotzdem kann jede Familie Zeit für gemeinsame Aktivitäten finden. In der Woche bietet sich dafür die Zeit nach dem Abendessen an und an den Wochenenden gibt es viele andere Optionen. Wahrscheinlich hat jedes Ihrer Kinder eine andere Vorstellung davon, welche gemeinsamen Aktivitäten durchgeführt werden sollen. Diese Wünsche sollten abwechselnd erfüllt werden, damit es gerecht zugeht. Und natürlich sollten sich auch die Eltern etwas wünschen dürfen, zum Beispiel ein bestimmtes Gesellschaftsspiel oder einen Ausflug in ein Museum. Wichtig ist, dass man in diesen Zeiten gemeinsam Spaß hat und entspannt ist.

Auch während der Arbeiten, die der Alltag mit sich bringt, kann man das Gemeinschaftsgefühl stärken. Viele Kinder lieben es, beim Kochen zu helfen. Dann dauert die Zubereitung der Mahlzeit zwar länger, aber das ist es wert, denn Sie vollziehen gemeinsam eine sinnvolle Handlung. Ihr Kind lernt sogar einiges dabei und oft ergeben sich am Rande schöne Gespräche.

Diese gemeinsamen Zeiten werden das Gefühl der Zusammengehörigkeit stärken, ebenso die Bindungen der einzelnen Familienmitglieder untereinander.

6.11 Das Glück und die Spiegelneuronen

Der Hirnforscher Giacomo Rizzolatti machte im Jahr 1996 eine aufsehenerregende Entdeckung: Er erkannte, dass die Beobachtung der Aktivität eines anderen beim Beobachter das gleiche neurobiologische System in Gang setzen wie beim Handelnden selbst. Die Nervenzellen im Gehirn, die dafür verantwortlich sind, nannte der Forscher „Spiegelneuronen“.

Die Kommunikation zwischen Eltern und Kindern erfolgt zum großen Teil auf der nonverbalen Ebene - durch Mimik, Gestik, Tonlage und Körperhaltung.
Wenn wir mit jemandem kommunizieren, spiegeln wir unbewusst unser Gegenüber. Wir gleiten unwillkürlich in das Mitschwingen seiner aktuellen emotionalen Verfassung. Verantwortlich für diesen interessanten Prozess sind die Spiegelneuronen im Gehirn.
Dank der Spiegelneuronen bringen die nonverbalen Zeichen der Kinder in der Kommunikation mit den Eltern diese dazu, ähnlich zu fühlen. Umgekehrt funktioniert dieser Prozess natürlich auch. Aber da sich das kindliche Gehirn noch in der Entwicklung befindet, arbeiten auch seine Spiegelneuronen längst nicht so perfekt wie bei den Erwachsenen. Schon Babys können Gesichtsausdrücke imitieren. Für das „Training" der Spiegelneuronen Ihres Kindes ist es bedeutsam, dass das Kind besonders in den ersten beiden Lebensjahren erlebt, wie Sie sich einfühlsam und mitfühlend auf seine mentale Verfassung einlassen. Das gilt natürlich auch für alle folgenden Lebensjahre. Damit machen Sie Ihr Kind nicht nur glücklich, Sie lehren ihm auch die Grundlagen der Empathie.
Das Lachen ansteckt ist sowieso bekannt. Der Mensch ist einfach dazu geschaffen, mit anderen mitzufühlen. Wir alle sind soziale Wesen, wir möchten einander

verstehen und dabei helfen uns die Spiegelneuronen. Gefühle sind ansteckend und wenn Sie Ihrem Kind Optimismus und Freude vermitteln, dann werden sich diese Gefühle übertragen.
Ohne glückliche und optimistische Eltern gibt es auch keine glücklichen und optimistischen Kinder. Das ist eine einfache Wahrheit, mit der ich Sie dazu bringen möchte, Ihr Glück als genauso wichtig zu nehmen wie das Ihrer Kinder. Achten Sie ebenfalls auf die Erfüllung Ihrer Bedürfnisse, nehmen Sie diese ernst! Natürlich sind Ihre Kinder bei der Erfüllung ihrer Bedürfnisse auf Sie angewiesen, aber wenn Ihnen Elementares im Leben fehlt, dann sind Sie irgendwann ganz bestimmt unglücklich. Damit ist niemandem gedient, schon gar nicht Ihren Kindern. Also sorgen Sie bitte auch gut für Ihre eigenen Glücksgefühle! Trauen Sie sich ruhig, ab und zu eigenen Bedürfnissen den Vorrang zu geben. Damit sorgen Sie gut für sich selbst und Ihrem Kind wird bewusst, dass auch Sie Wünsche haben.

KAPITEL 7:

Wie Sie Ihr Kind stark machen

Es wird Ihnen nicht möglich sein, Ihr Kind komplett vor negativen Erfahrungen zu schützen. Früher oder später wird es damit konfrontiert werden, es liegt nicht immer in Ihrer Macht, das zu verhindern. Sie haben jedoch die Möglichkeit, Ihr Kind mit Kraft und vielen Ressourcen auszustatten, damit es negative Erlebnisse gut übersteht. Mit diesem Thema beschäftigt sich die Resilienzforschung. Mit dem Begriff Resilienz ist die Fähigkeit gemeint, Belastungen und Druck gut standhalten zu können, Probleme zu lösen, sich selbst und anderen mit Respekt zu begegnen, alltäglich auftretende Schwierigkeiten zu bewältigen, realistische und klar definierte Zielvorstellungen zu entwickeln und zu guter Letzt, sich nach negativen oder gar traumatischen Erlebnissen wieder zu regenerieren.

Klugerweise fokussiert sich die Resilienzforschung nicht auf krankmachende Faktoren, sondern forscht nach Auslösern, Umständen und Charaktereigenschaften, die zu einer gesunden resilienten Einstellung führen.
Resilienz ist keine Fähigkeit, die man entweder hat oder

nicht hat, zum Glück ist sie erlernbar. Sie können die zarte Seele Ihres Kindes präventiv stärken. Dann lernt es, mit Rückschlägen umzugehen, negative Emotionen in positive Gefühle zu verwandeln und seinen Kummer zu kanalisieren, anstatt daran zu zerbrechen.
Sie haben es in der Hand, Ihrem Kind viele Ressourcen mitzugeben, an denen es sich in Krisen bedienen kann, um die Probleme zu bewältigen. Dabei handelt es sich um:

- die Fähigkeit, den eigenen Körper und seine Bedürfnisse wahrzunehmen
- die Fähigkeit, den eigenen Charakter mit all seinen Stärken und Schwächen zu erkennen
- sich in andere Menschen hineinversetzen zu können, Mitgefühl und Verständnis für den anderen zu entwickeln
- die Fähigkeit, konstruktive Entscheidungen treffen zu können, bewusst Vor- und Nachteile einer Entscheidung abwägen zu können
- den konstruktiven Umgang mit Alltagsproblemen
- kreatives Denken, d. h. Alternativen in das Denken und Handeln aufnehmen zu können
- kritisches Denken und die Kompetenz, Erfahrungen und Informationen auf einer objektiven Ebene analysieren zu können

- die Fähigkeit, effektiv kommunizieren zu können
- das Erkennen der Ursachen von Stress und dessen Auswirkungen, das Beherrschen von Strategien, um das eigene Stresslevel zu kontrollieren
- das Bewusstsein über die eigenen Gefühle und die anderer Menschen, der kompetente Umgang mit Emotionen
- die Fähigkeit, Beziehungen einzugehen und sie aufrechtzuerhalten

Sicher kommen Ihnen einige Punkte aus dieser Aufzählung schon bekannt vor, weil sie in diesem Buch bereits thematisiert wurden. Das liegt daran, dass Resilienz und die Fähigkeit zum Glücklichsein eng miteinander verbunden sind. Glückliche Kinder sind resiliente Kinder. Wenn Sie auf das Glück Ihres Kindes achten, dann bringen Sie ihm automatisch die Fähigkeit zur Resilienz bei. Durch Wertschätzung und bedingungslose Elternliebe kann Ihr Kind seelische Widerstandsfähigkeit aufbauen, denn es vertraut seinen eigenen Gefühlen, es weiß, dass Krisen nicht endlos dauern und bleibt nie in Emotionen von Selbstmitleid oder Versagensängsten stecken.

7.1 Glücksbausteine: Entscheidungs- und Problemlösekompetenz

Diese beiden Kompetenzen gehören zu den Fundamenten einer Erziehung zum Glück. Sie können Ihrem Kind schon ganz früh lehren, Entscheidungen zu treffen und Probleme zu lösen. Dafür gibt es im Alltag unendlich viele Möglichkeiten. Akzeptieren Sie die Entscheidungen des Kindes - insofern sich diese in einem Rahmen bewegen, der weder eine Gefahr noch einen Nachteil für das Kind oder eine andere Person darstellt. Wenn Kinder eigene Entscheidungen treffen dürfen, wird ihnen bewusst, dass sie ihr Leben mitsteuern und mitunter auch schwierige Situationen selbst bewältigen können. Helfen Sie Ihrem Kind dabei, seine Potentiale entfalten zu können - mit dem Ziel hin zur Selbständigkeit.

Und auch die Fähigkeit, Probleme zu lösen, hängt eng mit einer glücklichen Lebenseinstellung zusammen. Denn glückliche Kinder sind starke Kinder, die mit Anforderungen umgehen können. Das geschieht, indem sie sich auf das besinnen, was innerhalb ihrer eigenen Möglichkeiten liegt. Sie können ihre Probleme definieren und artikulieren, denken dann über die verschiedenen Optionen nach, die ihnen zur Problemlösung zur Verfügung stehen, machen Pläne, setzen sich Ziele und werden mit Hindernissen und Rückschlägen besser fertig.

7.2 Glücksbaustein: Begleitung der emotionalen kindlichen Entwicklung

Durch die Forschungen innerhalb der Entwicklungspsychologie weiß man, wie wichtig es ist, dass Kinder einen Zugang zu ihren Emotionen entwickeln. Diesen Zugang erhält das Kind durch Erfahrungen mit der gesamten Vielfalt an positiven und negativen Gefühlen. Es geht darum, alle Emotionen in der Kindheit kennenzulernen, Erfahrungen mit ihnen zu sammeln und adäquate Ausdrucksmöglichkeiten dafür zu finden. Dieser Lernprozess dauert von der Geburt bis mindestens zur Pubertät, in der Regel aber noch etwa fünf Jahre länger. Erst dann ist die seelische und emotionale kindliche Entwicklung abgeschlossen.

Emotionen haben eine große Bedeutung im Leben eines Menschen. Sie beeinflussen das Denken, motivieren zu Handlungen und prägen sämtliche Interaktionen.
Die emotionale Entwicklung des Kindes hängt auch eng mit der sozialen, sprachlichen und kognitiven Entwicklung zusammen. Deshalb ist es im Kindesalter eine

wichtige Entwicklungsaufgabe, dass Gefühle zunehmend selbständig reguliert werden können.

Eine achtsame Begleitung der emotionalen kindlichen Entwicklung schließt unbedingt ein, dass Gefühle nicht unterdrückt und negiert werden. Bei schönen Gefühlen ist das einfach, aber auch Emotionen wie Wut, Enttäuschung oder Traurigkeit müssen gemeinsam mit dem Kind ausgehalten und erlebt werden.
Ihr Kind lernt also mit der Zeit zunächst seine Gefühle kennen, es kann sie aber noch nicht in Worte fassen und fühlt sich manchmal mit der Flut seiner Emotionen überfordert. Temperamentvolle Kinder erleben ihre Gefühle mit großer Intensität. Sie fühlen sich ihren Emotionen oft ausgeliefert.

Bei einer achtsamen Begleitung der emotionalen Entwicklung Ihres Kindes lassen Sie es mit seinen Gefühlen nicht alleine. Sie stellen nicht das Verhalten des Kindes in den Vordergrund, sondern sehen zuallererst die Emotionen, die hinter diesem Verhalten stehen. Sie benennen diese Gefühle stellvertretend für das Kind, denn es kann die Worte dafür noch nicht finden.
Sie bringen Verständnis für die Gefühle Ihres Kindes auf, anstatt ein (unerwünschtes) Verhalten zu sanktionieren.

Praxisbeispiel

Der 4-jährige Jonas baut mit seinen Bauklötzen eine große Burg. Er ist ganz konzentriert bei der Sache und sehr geschickt. Die Burg wird höher und höher, aber als er einen der letzten Steine oben anbringen will, fällt das Bauwerk in sich zusammen. Nach einer Schocksekunde bekommt Jonas einen heftigen Wutanfall. Er wirft die Steine durch das Kinderzimmer, in dem sich auch seine 1-jährige Schwester Sarah aufhält. Die Mutter Helena sitzt zwischen den Kindern auf dem Boden. Helena steht zunächst auf und nimmt Sarah auf den Arm, um sie aus der Gefahrenzone der tief durch das Zimmer fliegenden Steine zu bringen. Dann bittet sie Jonas mit dem Werfen aufzuhören, da diese Aktion gefährlich ist. Jonas hört auf sie, aber schreit und weint jetzt bitterlich. Helena setzt das Baby in sein Bettchen, darüber ist es nicht begeistert, aber Helena weiß, dass Jonas sie jetzt mehr braucht. Sie geht zu ihm und setzt sich daneben, um ihm auch direkt in die Augen schauen zu können. Dann sagt sie: „Ich kann sehen, wie enttäuscht und wütend du bist. Ich verstehe dich, du hast dir beim Bau der Burg so viel Mühe gegeben und sie sah wirklich schön aus. Jetzt bist du traurig."

Mit dieser Reaktion hat Helena ihrem Sohn eine emotionale Botschaft vermittelt:
Ich nehme dein Gefühl wahr. Ich sehe deine Gefühle und erkenne sie an. Ich nehme dich an mit deinen Gefühlen der Wut und der Enttäuschung. Du bist damit nicht alleine, du kannst dich auf mich verlassen, ich stehe dieses Erlebnis mit dir gemeinsam durch.
So erfährt Jonas, wie man Gefühle benennt und sie in Worte kleidet. Dadurch lernt er, wie er seine Emotionen selbst in Worte fassen kann, das hilft ihm dabei, sich in der Welt seiner Gefühle zurechtzufinden. Durch dieses und viele andere Erlebnisse dieser Art wird er es schaffen, seine Gefühle mit der Zeit selbst artikulieren zu können. Dadurch kann er seine inneren Reaktionsmuster besser sortieren und einordnen. Das Gefühl der emotionalen Überflutung und der Ohnmacht wird weniger. Mit solchen positiven Erfahrungen lässt die emotionale Überforderung nach.

Sinn und Ziel der achtsamen Begleitung liegen nicht darin, das Kind zu beruhigen, damit es aufhört zu weinen. Durch die Vermittlung der Botschaft: „Du bist nicht alleine mit diesem Gefühl, ich bin bei dir.“ bekommt das Kind die Möglichkeit, mit einer vertrauten Person an seinen Gefühlen zu arbeiten. Wenn Kinder dazu aufgefordert werden, ihre negativen Emotionen zu

unterdrücken, dann stauen sich diese in ihrem Inneren auf und kommen an anderer Stelle und umso heftiger wieder hervor. Das führt zu einer niedrigen Frustrationstoleranz.
Natürlich läuft die Kommunikation von und mit Kindern nicht nur auf der verbalen Ebene ab. Das Verständnis für die Emotionen Ihres Kindes sollten Sie also auch mit Mimik, Gestik, Stimme und Stimmlage deutlich zeigen.
Ihr Kind macht durch Ihre liebevolle Begleitung die Erfahrung, dass jedes Gefühl zum Leben dazu gehört und uns sogar hilft, uns selbst besser zu verstehen. Dadurch lernt es, seine Emotionen anzunehmen und in seine Persönlichkeit zu integrieren.
Im Laufe der Zeit werden die starken emotionalen Ausbrüche weniger und sanfter, denn mit jeder guten Erfahrung schreitet das Kind in seiner Entwicklung voran.

Vielleicht fragen Sie sich, ob es wirklich gut ist, die Wutausbrüche des Kindes achtsam zu begleiten. Vielleicht beschleicht Sie ein wenig die Angst, dass es dadurch zu einem kindlichen Tyrannen werden könnte. Aber machen Sie sich keine Sorgen: Wenn Sie Ihr Kind und seine Gefühle ernst nehmen, dann wird es sich zu einem empathischen, selbstbewussten und glücklichen Menschen entwickeln. Gerade in den Momenten der

Überforderung brauchen Kinder Verständnis und Geduld.

7.3 Glücksbausteine: Selbstwert und Selbstvertrauen stärken

Kinder erleben den Wert ihres Selbst durch den Kontakt mit ihren Eltern. Selbstwert kann man mit folgenden Fragen definieren: Bin ich wichtig und wertvoll? Wie viel Wert habe ich so wie ich bin?
Wenn Sie Ihrem Kind immer wieder die Botschaft vermitteln: Du bist mir wichtig und wertvoll und ich liebe dich genauso wie du bist - mit all deinen Facetten und deinem besonderen Temperament, dann legen Sie damit die Basis für ein gesundes Selbstvertrauen.

Erfahren Kinder diese positive Rückmeldung nicht, dann beeinträchtigt das ihr Selbstwertgefühl. Kinder mit einem geringen Selbstwert nehmen sich als schwach und inkompetent wahr, geben schnell auf und trauen sich wenig zu. Sie verinnerlichen negative Bewertungen über sich selbst. Daran können Sie erkennen, wie wichtig es ist, dem Kind immer und immer wieder zu vermitteln, dass es gut ist so wie es ist, dass Sie es aus tiefstem Herzen akzeptieren und wertschätzen.

Der Selbstwert bildet die Basis für das Selbstvertrauen. Selbstvertrauen bezeichnet die Einstellungen, mit denen das Kind an Herausforderungen und Aufgaben herangeht. Zum Selbstvertrauen gehört, dass das Kind viel über sich selbst weiß. Was mag ich gerne? Was sind meine besonderen Eigenheiten? Welche Sachen kann ich besonders gut und welche weniger? Was ist mir wichtig? Zum Selbstvertrauen gehört also eine gute Portion an Selbsterkenntnis und dadurch auch eine reelle Selbsteinschätzung.

Zur Entwicklung von Selbstvertrauen muss das Kind Ihr Vertrauen spüren, das bedeutet dann in manchen Fällen und Situationen auch, die Kontrolle abzugeben und das Kind autonom agieren zu lassen. Dadurch erlernt es die Fähigkeit, in schwierigen Situationen Strategien zu entwickeln, diese eigenständig auszuprobieren und sich über den eigenen Erfolg zu freuen, wenn alles gelungen ist. Sollte es nicht gelingen, dann braucht Ihr Kind natürlich Ihren Rückhalt, aber ein Kind mit einem hohen Selbstvertrauen wird mit Rückschlägen wesentlich leichter fertig. Es ist auch nach Enttäuschungen besser in der Lage, über neue und andere Strategien nachzudenken.

7.4 Glücksbausteine: Eigenständigkeit und Respekt

Manchmal braucht Ihr Kind für sein Glück eine Umarmung oder liebevolle Worte, gelegentlich auch nur eine ihm zugewandte Präsenz. Wenn Sie Ihr Kind bewusst wahrnehmen und auf alle seine Signale achten, dann werden Sie intuitiv fühlen, welches Bedürfnis es gerade verspürt.

Kinder möchten bereits ab dem Kleinkindalter als autonome Persönlichkeiten wahrgenommen werden. Deshalb soll hier auch die Rede von Eigenständigkeit und Respekt sein.

Für jedes Kind ist es eine grundlegende Erfahrung, wenn seine Gedankengänge und Entscheidungen respektiert werden. Das macht es stolz, stark und glücklich. Dabei muss in jeder Phase der kindlichen Entwicklung eine neue Balance zwischen dem notwendigen Behüten und dem Überlassen von größeren Freiräumen gefunden werden. Auf diese Weise geschieht das Loslassen des Kindes während seiner Entwicklung in eine immer größere Selbständigkeit in vielen kleinen Schritten.

Eigenständigkeit in einem geborgenen Rahmen bedeutet, dass Ihr Kind selbständig handeln kann und darf, wenn es für diese Handlungen bereits aus seinem individuellen Erfahrungshorizont schöpfen kann. Nur

dann ist es dazu in der Lage, eine Situation richtig einschätzen und adäquat darauf reagieren zu können.
Das Schaffen von Freiräumen ist auch ein Zeichen von Respekt, denn es zeigt dem Kind, dass Sie seine Kompetenzen anerkennen. Respekt ist gelebte Wertschätzung, es ist die Achtung der Persönlichkeit mit all ihren Facetten. Natürlich bedeutet das nicht, dass Sie alles akzeptieren sollen, was das Kind macht oder nicht macht. Es bedeutet in manchen Situationen, dass Sie ihm auch mal auf respektvolle und liebevolle Art seine Grenzen aufzeigen. Dabei ist es wichtig ihm zu erklären, warum Sie diese Grenze ziehen. Grenzen ohne Erklärungen fordern den Widerstand des Kindes heraus.
Wenn Sie Ihrem Kind eine Lebenseinstellung vorleben, die von Respekt zum Mitmenschen geprägt ist, dann wird es diese Lebensweise von Ihnen übernehmen.

7.5 Glücksbaustein: Selbstwirksamkeit

Für die glückliche Entwicklung des Kindes ist das Vertrauen in die eigenen Fähigkeiten und der Glaube, Ziele erreichen zu können, von großer Bedeutung. Sie können Ihr Kind effektiv unterstützen, indem Sie seine Selbstwirksamkeit fördern.
Die Theorie über die Selbstwirksamkeit stammt

ursprünglich vom kanadischen Psychologen Albert Bandura. Er postulierte, dass Menschen danach streben, die Kontrolle über Ereignisse in ihrem Leben zu haben, denn diese Kontrolle geht Hand in Hand mit Gefühlen der Stabilität und Sicherheit. Mit dem Begriff Selbstwirksamkeit ist die subjektive Gewissheit gemeint, komplizierte oder neue Anforderungen durch die eigene Kompetenz beeinflussen und bewältigen zu können. Diese Bewertung der eigenen Kompetenzen ist eine der wichtigsten Grundlagen für das menschliche Verhalten, Denken und Fühlen.

Die vier Quellen der Selbstwirksamkeit:

- Verbaler Zuspruch und Ermutigung. Durch positive Botschaften dieser Art baut das Kind Vertrauen in sich und seine Fähigkeiten auf.
- Die Erfahrung, durch eigenes Bemühen ein Ziel erreicht zu haben. Diese Erfahrung hat den Effekt, dass das Kind sich auch in Zukunft für ausreichend kompetent hält, um weitere Herausforderungen zu meistern. Ein wichtiges Element ist dabei die Anstrengung. Das Kind lernt durch solch einen Prozess, dass es durch sein eigenes Handeln Dinge bewegen und Ziele erreichen kann.
- Das Lernen am Modell. Selbstwirksamkeit entsteht

auch durch Beobachtung. Wenn das Kind Gelegenheit dazu hat, Menschen zu beobachten, die durch eigene Anstrengung ein Ziel erreichen, dann entsteht das Gefühl, das Gleiche erreichen zu können.

- Körperliche Signale beeinflussen die Beurteilung von Situationen. Selbstwirksamkeit wird aufgebaut, wenn das Kind seine physischen Empfindungen bei Herausforderungen positiv interpretieren kann. Es spürt dann zum Beispiel sein Herz stark klopfen, aber gerät dadurch nicht in Angst, weil es weiß, dass dieses Herzklopfen einfach eine Begleiterscheinung von Aufregung ist.

Für Kinder ist es also von großer Bedeutung, Dinge beeinflussen, gestalten und bewirken zu können. Diese Erfahrungen können Sie sogar schon einem Kind im Kleinkindalter schenken, indem es kleine Entscheidungen selber treffen darf: Möchtest du einen Apfel oder eine Banane essen? Oder: Welches Buch soll ich dir vorlesen?
Vermitteln Sie Ihrem Kind auch, dass es in neuen Situationen auf seine eigenen Erfahrungen und Kompetenzen zurückgreifen und Dinge lernen kann, wenn es sich Mühe gibt.

Praxisbeispiel:

Die 5-jährigen Zwillinge Emma und Ben ließen keinen Morgen friedlich verstreichen. Sie waren schlechter Laune und stritten miteinander. Besonders schwierig gestaltete sich das Anziehen. Nichts konnten die Eltern Rosa und Bernd ihnen recht machen. Der Pullover war hässlich und kratzte, die Hose hatte keine Taschen und die Socken gefielen ebenfalls nicht. Durch diesen Nervenkrieg gerieten auch Rosa und Bernd manchmal in Streit und ihr drittes Kind, die 8-jährige Emily, kam zu kurz. Sie verstummte zusehends. Emily war von Geburt an ein unkompliziertes Kind, das leicht zufrieden zu stellen war. Seitdem ihre kleinen Geschwister auf der Welt sind, haben die Eltern darauf geachtet, dass Emilys Bedürfnisse im Trubel mit den temperamentvollen Kindern nicht untergehen. Aber dieses neue aggressive und unzufriedene Verhalten der Zwillinge am Morgen brachte Rosa und Bernd an ihre Grenzen. Sie dachten darüber nach, wie sie aus dem Kampf aussteigen und die Situation positiv lösen könnten. Sie beschlossen, mit den Zwillingen am Abend vorher zu besprechen, welche Sachen sie am nächsten Tag gerne anziehen würden. Sie gaben ihnen die Möglichkeit der eigenen Entscheidung und damit der Selbstwirksamkeit. Außerdem half ab jetzt nur noch ein Elternteil den Zwillingen beim

Waschen und Anziehen. Damit wechselten sie sich tageweise ab und der andere Elternteil hatte Zeit für Emily. Emily war bereits so selbständig und konnte fast alle Vorbereitungen für den Tag selbst in die Hand nehmen. Sie liebte es gemütlich zu frühstücken und hatte auf diese Weise kostbare Zeit mit einem Elternteil. Das veränderte ihre Stimmung am Morgen sehr, sie war nicht mehr still und leicht bedrückt, sondern öffnete sich und genoss das ruhige Gespräch. Und auch wenn die Zwillinge mit Mutter oder Vater dann etwas später an den Frühstückstisch kamen, hatte sich die Stimmung zum Positiven verändert. Vorher waren alle unzufrieden und vom morgendlichen Kleinkrieg genervt. Nun war die Atmosphäre ganz anders und die ganze Familie konnte entspannt den Tag beginnen.

Sie haben jetzt viele Glücksbausteine kennengelernt. Im Folgenden möchte ich Ihnen noch mehr Anregungen für eine gelingende Erziehung geben, die Sie aufgreifen können und damit die Seele Ihres Kindes mit Glück erfüllen.

KAPITEL 8:

Ein kleines Plädoyer für die Langeweile

Es ist heute keine Seltenheit, dass sogar Grundschüler einen eng getakteten Wochenplan haben. Nach der Schule müssen die Hausaufgaben erledigt werden, deren Umfang und Dauer seit Jahren rasant wächst. Statistisch gesehen erhalten bis zu zwei Drittel aller Kinder zusätzlich Nachhilfestunden. Und dann stehen häufig noch außerschulische Aktivitäten wie Sport oder Musik auf dem Plan.

Der Soziologe Hans Bertram von der Humboldt-Universität in Berlin hat für diesen Trend deutliche Worte gefunden: „Wir haben Kinder in den letzten Jahren immer stärker in Institutionen eingebunden, weil wir uns davon höhere Leistungen erhoffen. Auch unser schulisches Leistungssystem haben wir inzwischen sehr stark darauf zugespitzt, dass Kinder möglichst in Deutsch und Mathematik besonders gut sind. Ihre soziale Entwicklung spielt in der öffentlichen Debatte kaum eine Rolle. Wir haben einen ganz engen Blick. Und möglicherweise merken die Kinder, dass sie nicht als Person wahrgenommen werden, sondern als potentieller Leistungsträger."

Nicht verplante Zeit und damit auch die Chance auf Muße und Langeweile ist selten geworden. Dabei sind gerade diese Stunden für die kindliche Entwicklung so wichtig. Kinder kommen dabei zur Ruhe, entspannen und finden zu sich. Solche Zeiten können auch zu sehr kreativen Momenten werden, denn Körper und Geist genießen den physischen und mentalen Freiraum. Erziehungswissenschaftler und Hirnforscher sind sich in dem Punkt absolut einig: Langeweile ist eine der wichtigsten Triebfedern für die Entfaltung der kindlichen Seele. Sie fordern dazu auf, Langeweile bei Kindern zuzulassen. Auch Sartre und Camus, die beiden Begründer des Existentialismus, sahen in der Langeweile eine der zentralen menschlichen Erfahrungen, in der man sein eigenes Sein erst richtig erkennen kann.

Pädagogen raten dazu, das Kind nicht unbedingt mit der Langeweile allein zu lassen. Aber anstatt es in diesem Falle zu „bespaßen“, sollte man lieber Hilfe zur Selbsthilfe geben, also Anregungen, die das Kind aufnehmen und allein weiterentwickeln kann. Eltern sollten nicht in die Rolle eines Entertainers schlüpfen, es ist nicht nötig, ständig Programme für das Kind zu gestalten.

KAPITEL 9:

Die Familienkonferenz

Sie können Ihr Kind lehren, ein guter Problemlöser zu werden, indem Sie zu Hause das Konzept der Familienkonferenz umsetzen. Dieses Konzept wurde vom Psychologen Dr. Thomas Gordon und dem Sozialtherapeuten und Psychiater Professor Rudolf Dreikurs entwickelt (Dreikurs verwendete den Begriff: Familienrat). Bei einer Familienkonferenz setzen sich alle Familienmitglieder an einen Tisch und reden miteinander, mit dem Ziel, Konflikte demokratisch zu lösen. Ganz wichtig bei diesem Konzept ist, dass es keine Verlierer geben darf (die Methode ohne Niederlagen). Alles basiert auf einem partnerschaftlichen Umgang zwischen Eltern und Kindern. Bei den Zusammenkünften, die regelmäßig stattfinden sollten, werden nicht nur Probleme und Konflikte gelöst, sondern auch gemeinsame Entscheidungen getroffen.

Schon kleine Kinder ab 3 Jahren können an der Familienkonferenz teilnehmen. Die Inhalte und Diskussionen müssen sich natürlich am Alter und Entwicklungsstand der teilnehmenden Kinder orientieren.

Gordon und Dreikurs waren Realisten, denen klar war,

dass es keine hundertprozentige Demokratie in einer Familie geben kann, doch es ging ihnen darum, den Kindern so viel Mitspracherecht wie möglich einzuräumen. Kinder lernen bei diesen Gesprächen, sich fair mit den anderen Familienmitgliedern auszutauschen und Konflikte ruhig und sachorientiert zu besprechen.
Ein wunderbarer Nebeneffekt der Familienkonferenz besteht darin, dass sich das Familienleben entspannen wird. Regeln, die gemeinsam beschlossen werden, werden von Kindern besser und lieber eingehalten als Regeln, die ihnen einfach so von den Eltern vorgesetzt werden. Ihr Kind fühlt sich ernstgenommen und hat ein vertrautes Umfeld, um seine Konfliktfähigkeit auszubilden.

Die Erfinder der Familienkonferenz legten folgende Regeln dafür fest:

- Die Familienkonferenz findet einmal in der Woche zu einem festen Termin statt. Dieser Termin kann nur geändert werden, wenn alle Familienmitglieder zustimmen. Bei plötzlich auftretenden Konflikten oder Problemen kann sie auch außerplanmäßig einberufen werden. Alle Familienmitglieder sollten anwesend sein.
- Die Dauer der Konferenz ist abhängig vom Alter

der teilnehmenden Kinder. Für Dreijährige liegt die Obergrenze bei 20 Minuten. Kinder ab sechs Jahren sind schon in der Lage dazu, bis zu 40 Minuten engagiert mitmachen zu können.

- Jedes Familienmitglied hat das Recht, Probleme, Wünsche oder Klagen vorzubringen und gehört zu werden. Jedes Thema ist erlaubt.
- Jede Stimme hat bei einer Abstimmung das gleiche Gewicht. Die Stimme der Mutter oder des Vaters zählt also nicht mehr als die eines Kindes.
- Entscheidungen, die getroffen werden, sollen für alle gerecht sein. Wenn sich die Familienmitglieder nicht auf eine gemeinsame Lösung einigen können, dann gilt die Meinung der Mehrheit.
- Der Vorsitz der Familienkonferenz geht reihum. Die Aufgabe des jeweiligen Leiters ist es, jedem Familienmitglied die Gelegenheit zu geben, sein Problem zur Sprache zu bringen und ausreichend Redezeit zu garantieren.
- Bis zur nächsten Familienkonferenz sind alle Familienmitglieder an die gemeinsam getroffenen Entscheidungen gebunden. Bis dahin sollte nicht mehr darüber diskutiert werden. Nur wenn sich die neu getroffene Regelung nach kurzer Zeit als undurchführbar erweist, kann mit der Zustimmung aller eine außerplanmäßige Zusammenkunft einberufen

werden, in der nach einer neuen Lösung gesucht wird.

Bei dem Benennen von Problemen oder Konflikten während der Familienkonferenz sollten Sie mit Ich-Botschaften und auf keinen Fall mit Vorwürfen arbeiten.
Zum Beispiel:
„Ich ärgere mich, weil ihr eure Jacken und Schultaschen immer einfach auf den Boden im Flur werft, wenn ihr nach Hause kommt. Ich gebe mir viel Mühe damit, unser Zuhause ordentlich und sauber zu gestalten."
Auf keinen Fall: „Immer lasst ihr eure Sachen überall liegen."
Vorwürfe bringen den Adressaten direkt in die Defensive, Ich-Botschaften dagegen sind so gestaltet, dass sie Empathie und Nachdenken erzeugen.

Das Leben in der Familie braucht Regeln, damit sich alle wohlfühlen und niemand übergangen wird. Wenn aus diesen Regeln gemeinsam getroffene Entscheidungen und Verabredungen werden, stärkt das den Zusammenhalt als glückliche Familie. Solche Verabredungen sind auch wesentlich dynamischer, das bedeutet, sie können, falls nötig, neu angepasst werden.

Im wertschätzenden Dialog werden alle Familienmitglieder mit ihren Sorgen, Wünschen und Bedürfnissen gehört. Diese Art der positiven Dialogkultur sollte natürlich zu allen Zeiten stattfinden und nicht nur innerhalb der Familienkonferenz. Vielleicht sagt Ihnen das Konzept der Familienkonferenz auch nicht hundertprozentig zu, weil es sich für Ihre Art des Familienlebens nicht stimmig anfühlt oder weil Ihnen das Regelwerk zu starr erscheint. Wichtig ist, dass Sie das umsetzen, was für Sie und Ihre Kinder stimmig ist. Sie sind der Experte für Ihre Familie. Vertrauen Sie Ihrer Intuition. Vielleicht können Sie trotzdem ein paar wertvolle Impulse aus der vorgestellten Familienkonferenz mitnehmen, denn dieses Konzept beinhaltet viele Elemente für einen partnerschaftlichen, demokratischen und wertschätzenden Dialog. Man muss sich nicht unbedingt zu einem festen Termin mit festgelegten Regeln an einen Tisch setzen. Bei Ihnen herrscht Spontanität? Sie leben dieses Konzept schon lange und ohne starre Regeln? Das ist genauso gut. Jede Familie ist anders, sie ist eben so individuell wie jedes ihrer Mitglieder.

9.1 Im Dialog bleiben

Es kommt vor, dass sich in der Kommunikation zwischen Eltern und Kindern bestimmte Muster einschleichen.

Sicher haben Sie auch manchmal das Gefühl, gegen eine Wand zu reden und wiederholen deshalb bestimmte Sätze immer wieder. Zielführend ist das nicht und ein echter Dialog kann so auch nicht entstehen.

Für das Gelingen eines Dialogs ist Unvoreingenommenheit wichtig. Wenn Sie ein bestimmtes Ziel mit dem Gespräch verfolgen, dann nehmen Sie Ihre eigenen Wertvorstellungen als Maßstab und können deshalb nicht mehr mit einer offenen Einstellung an das Gesprächsobjekt herangehen.
Nehmen Sie sich stattdessen für einen authentischen Austausch mit Ihrem Kind genug Zeit (auch dann, wenn es zum gefühlten hundertsten Mal um das Aufräumen oder die Hausaufgaben geht). Setzen Sie sich mit ihm in Ruhe an einen Tisch oder auf das Sofa. Wenden Sie sich dem Kind zu. Zeigen Sie Interesse und Ihre Bereitschaft, ergründen zu wollen, was das Kind bewegt und warum es zum wiederholten Mal nicht aufräumt oder die Hausaufgaben „vergisst". Versuchen Sie die Gesprächsbeiträge des Kindes nicht zu bewerten, sondern aufzunehmen. Stellen Sie dann die eigenen Gedanken dazu erst einmal zur Seite, so schwer das auch fällt. Bringen Sie Verständnis auf oder entwickeln Sie dieses Verständnis im Dialog. Das bedeutet nicht, dass Sie Ihrem Kind zustimmen müssen. Sie müssen sich in

der Sache nicht einig sein. Es bedeutet nur, das Kind aus seiner Sicht heraus zu verstehen. Machen Sie ihm deutlich, dass Sie die Sache auch aus seinem Blickwinkel sehen, ihm zuliebe die Perspektive wechseln und sich in sein Seelenleben einfühlen. Zeigen Sie eine emotionale Reaktion auf die Gefühle des Kindes, und zwar Mitgefühl und Empathie. Erkennen Sie seine Empfindungen an, nehmen sie diese ernst.

Sie müssen keine Bedenken haben, mit dieser Art des Vorgehens in ständige Diskussionen über so unliebsame Themen wie das Aufräumen oder die Hausaufgaben verwickelt zu werden. Ein authentischer Dialog bedeutet nicht, dass Sie endlos mit dem Kind diskutieren müssen. Es bedeutet, dass Sie Ihr Kind ernst nehmen, ihm zeigen, dass Sie es verstehen möchten und mit ihm gemeinsam Lösungen erarbeiten - konstruktive Lösungen, die beide zufriedenstellen.
Arbeiten Sie mit vielen Ich-Botschaften, diese haben einen deeskalierenden und wertschätzenden Effekt. Sie entkrampfen den Dialog, da sie keine Bewertungen des Kindes beinhalten. Es muss sich trotz seines Fehlverhaltens nicht angegriffen fühlen und hat es deshalb auch nicht nötig, in die Defensive zu gehen. Wenn Sie Ich-Botschaften formulieren, dann wird Ihr Kind Sie viel leichter an seinen Gedanken und Gefühlen teilhaben lassen.

KAPITEL 10:

Kinderglück im Flow-Zustand

Der amerikanische Psychologe Mihaly Csikszentmihalyi brachte den Fachbegriff „Flow“ in die Glücksforschung ein und erklärte:
„Flow bezeichnet einen Zustand des Glücksgefühls, in den Menschen geraten, wenn sie gänzlich in einer Beschäftigung aufgehen. Entgegen ersten Erwartungen erreichen wir diesen Zustand nahezu euphorischer Stimmung meistens nicht beim Nichtstun oder im Urlaub, sondern wenn wir uns intensiv der Arbeit oder einer schwierigen Aufgabe widmen.“

Kinder besitzen noch die natürliche Begabung, um ganz mühelos in den Flow-Zustand zu gleiten.

Die Pädagogin Maria Montessori erkannte dieses Phänomen bei Kindern schon Anfang des 20. Jahrhunderts in dem von ihr gegründeten Kinderhaus „Casa dei Bambini“ in Rom. Sie nannte diesen Zustand die „Polarisation der Aufmerksamkeit“. Maria Montessori bewertete diese Beobachtung des in sich versunkenen Handelns sogar als Schlüssel für ihre gesamte Pädagogik. Sie definierte die Polarisation der Aufmerksamkeit als einen kindlichen Zustand der Selbstvergessenheit in einer Tätigkeit. Immer wieder beobachtete die berühmte Pädagogin, wie zufrieden und glücklich die Kinder in diesem Zustand und im Anschluss daran wirkten.

Wenn Kinder im Flow sind, dann vergessen sie die Welt um sich herum. Das ganze Fühlen und Denken ist dann auf eine bestimmte Handlung ausgerichtet. Dabei machen sie eine unglaublich beglückende und intensive Erfahrung mit sich selbst, mit ihrer Lust und Fähigkeit am selbstständigen Gestalten und Entdecken.

Leider unterbrechen Erwachsene oft den Flow des Kindes, sei es aus Unwissenheit oder weil der nächste Termin schon vor der Tür steht. Auf lange Sicht wird damit die Konzentrationsfähigkeit des Kindes negativ beeinflusst. Dabei lohnt es sich zu warten, bis das Kind von selbst aus seiner Versunkenheit erscheint. Natürlich gibt es Situationen, in denen Sie gar keine andere Wahl haben als das Kind aus dem Flow zu bringen. Aber wenn immer genügend Zeit da ist, dann seien Sie bitte geduldig und lassen Ihr Kind in seinem Handeln aufgehen. Denn hierbei handelt es sich um einen Glückszustand, das Kind schöpft die Motivation aus sich heraus, es bewältigt eine Herausforderung und fühlt sich danach im positiven Sinne erschöpft.

Flow ist ein selbstvergessener Zustand, er hat nichts mit Ehrgeiz oder Erfolgsdenken zu tun, sondern mit Glück. Intensives Spiel fördert auch intensiv das Wohlbefinden, den Lebensmut, die Kreativität und das Glücklichsein. Der Begründer der positiven Psychologie, Martin Seligman, sieht den Flow übrigens als ein zentrales Moment des Wohlbefindens und des Glücks.

KAPITEL 11:

Kinderglück in der Natur

Draußen in der Natur können Kinder auf Entdeckungsreisen gehen. Dort fühlen sie sich gespiegelt, denn auch die lebendige Natur braucht Zeit um sich zu entwickeln.

Zum Glück eines Kindes gehört das Erleben von unmittelbarer Natur: Wasser, Bäume, Sträucher, Schmutz, Schlamm …
Natur ist ein idealer Raum zur Entwicklung, Kinder brauchen Sand und Wasser, Grünes und Steine. Sie ist ein freier Gestaltungsraum, der das Kind zum kreativem Handeln einlädt. Die Lust am Entdecken, das Staunen über Flora und Fauna.
„Die Sensibilität für das Leben ist das höchste Produkt der Erziehung." Dieses Zitat stammt von einem Mann namens Liberty Hyde Bailey, der zu Beginn des 20. Jahrhunderts die Bewegung der Naturerfahrung in den USA gründete. Ich halte diese Aussage im Rahmen der Erziehung zum Glück für sehr bedeutungsvoll, denn eine bewusste Wahrnehmung führt zur Empathie, sie lässt das Kind fürsorglich auf das Wohlbefinden aller Formen des Lebens achten.

Kinder sind ausgeglichener, wenn sie öfters die Gelegenheit dazu bekommen, sich im Freien aufzuhalten. Dort können sie sich richtig austoben, die Möglichkeit zur unbeschwerten Bewegung macht sie zufrieden und glücklich. Es kann dort Erfahrungen mit allen Sinnen machen, das schenkt Selbstbewusstsein und verankert in der Welt.
Es gibt keine andere Umgebung, die so kindgerecht ist wie die Natur. Sie bietet eine interessante Vielfalt, ist aber gleichzeitig weder überreizt noch abwechslungslos - ein perfektes Gleichgewicht für die Sinne des Kindes. Studien zufolge spielen Kinder in diesem natürlichen Umfeld wesentlich kreativer als in Innenräumen.

Wenn Sie Ihrem Kind die Gelegenheit bieten, Pflanzen und Tiere intensiv kennenzulernen, dann sorgt es aus eigenem Antrieb aus für deren Wohlergehen. Denn durch die Verbundenheit entsteht Empathie, diese Beziehung zur Natur macht glücklich. Jedes Kind trägt den Wunsch in sich, verbunden zu sein, das betrifft natürlich zuerst die Familie und Freunde. Aber auch mit der innigen Verbindung mit der Natur wächst das Kinderglück.

Nur wenn Kinder aktiv werden können und in die Welt eingreifen dürfen, erleben sie Glück. In der Natur können Kinder elementare Erfahrungen machen, wie sie nur in einer nicht künstlich gefertigten Welt möglich sind.

KAPITEL 12:

Lernglück

Kinder möchten lernen und üben, dieses Streben ist fest in ihnen integriert. Sie sind neugierige Entdecker und Forscher. Lernen bedeutet für sie ein Glückserlebnis, wenn es frei und ohne Leistungsdruck stattfindet.

Macht das Lernen Freude, dann werden Botenstoffe im Gehirn ausgeschüttet, die sogar noch mehr Lust darauf machen. Die Lust am Lernen ist gerade in der Zeit vor der Einschulung ein starker Motor. Kleine Kinder sind neugierig, begeisterungsfähig und absolut offen für das, was die Umwelt ihnen bietet. Sie besitzen die angeborene Lust am Lernen und an der Weiterentwicklung ihrer Fähigkeiten.

In den ersten drei Lebensjahren ist die Motivation zum Lernen besonders groß, so wissbegierig und aufnahmefähig wird ein Kind in seinem späteren Leben nie wieder sein. Sie können dieses Zeitfenster des intensiven Lernens dazu nutzen, um es zu Förderkursen zu schicken. Das hängt natürlich von Ihrer individuellen Einstellung zu solchen Frühförderprogrammen ab und ebenso von Ihrem Kind. Manche Kinder

besuchen mit Begeisterung solche Programme und profitieren in hohem Maße davon. Andere Kinder wiederum fühlen sich dort sehr unwohl.
Viel effektiver als die Frühförderprogramme ist jedoch die Förderung im familiären Umfeld oder im Kindergarten, denn dort findet das ganz normale Alltagsprogramm statt, welches Reden, Erzählen, Spielen, Toben, Nachdenken, Basteln und Lachen beinhaltet. Es ist besonders effektiv für das Lernen und die Förderung von individuellen Begabungen, da es mit vertrauten Personen in einer vertrauten Umgebung geschieht. Vertrauen ist ein wichtiger Nährboden.

Im Alltag sammelt das Kind fortlaufend neue Erfahrungen, beim Spielen erweitert es seinen Horizont. Es entdeckt spezifische Interessen, die es mit Ihrer Hilfe vertiefen kann. Mit „Hilfe" ist in diesem Fall das Bestärken, Loben und auch das zur Verfügung stellen von weiteren Materialien, die zu den Interessen passen, gemeint.
Ihr Kind möchte sich selbst und sein Können immer wieder ausprobieren, dazu können Sie ihm die Möglichkeiten bieten - ob am Basteltisch oder auf dem Trampolin. Nur wenn Kinder viele unterschiedliche Gelegenheiten zum Experimentieren bekommen,

werden sie ihre besonderen Stärken finden. Geben Sie Ihrem Kind die Freiheit dazu, seien Sie dabei ein liebevoller Begleiter, ein engagierter Unterstützer, der auch tröstet, wenn die Dinge mal nicht so laufen, wie es sich das Kind vorgestellt hat.

Wenn Sie zu Hause für ein entspanntes und kreatives Klima sorgen, dann können sich die Talente des Kindes gut entfalten. Die Liebe zum Lernen und auch um Leistung zu bringen wächst am besten in einer wertschätzenden Umgebung.

Sorgen Sie für ein reichhaltiges Angebot und brauchbares Material, damit Ihr Kind sich kreativ beschäftigen kann. Vorgefertigte Spielsachen hemmen die Fantasie und den Lerneifer. Sinnvoller sind Materialien, die das Kind frei gestalten kann, wie zum Beispiel Papier, Farben, Bausteine und Knetmasse. Zeigen Sie Interesse für seine Ideen und halten Sie sich mit Bewertungen oder Verbesserungsvorschlägen zurück. Erwarten Sie nicht, dass Ihr Kind so logisch wie ein Erwachsener denkt. Mischen Sie sich nur in dem Maße ein, wie Ihr Kind Sie darum bittet. Für Sie als Mutter oder Vater ist es oft eine Gratwanderung, nicht zu viel, aber auch nicht zu wenig Engagement zu zeigen. Einerseits braucht das Kind den nötigen Spielraum, damit es sich frei entfalten kann und möchte deshalb keine Eltern in der Nähe haben. Andererseits möchte Ihr Kind gemeinsam mit Ihnen seinen Radius erweitern und darüber staunen, was es gerade wieder entdeckt oder gelernt hat. Mit genug Empathie und Diskretion stellen Sie ihm die Bedingungen für das Lernen und Experimentieren zur Verfügung, die so geschaffen sind, dass es ihm Erfolgserlebnisse verschafft. Sie kennen Ihr Kind am besten und schaffen es sicher, das Gleichgewicht zwischen beiden Polen zu bewahren.

Kinder lieben Lernspiele, die nach Geschick und Denkvermögen verlangen. Sie tun dem Selbstwertgefühl sehr gut. Mit Lernspielen meine ich nicht unbedingt vorgefertigte Spiele, sondern vor allem freie Spiele und Beschäftigungen. Ohne vorgefertigte Regeln und Materialien können Kinder frei experimentieren, dadurch wird jedes Erfolgserlebnis noch höher geschätzt. Bleiben Sie im Hintergrund, aber liebevoll präsent, auf Wunsch können Sie Anregungen geben.

Beobachten Sie, wie Ihr Kind mit Denkproblemen umgeht. Wächst es dabei an seinen Herausforderungen? Dann bewegen sich die Spiel- und Lernangebote genau auf dem richtigen Level. Viele Aufgabenstellungen setzen kreatives Denken voraus, verlangen einen Wechsel der Perspektive. Kinder haben viel

Freude am selbständigen Denken und originellen Fragestellungen.

Versuchen Sie auch, die Freude am Lernen bei Ihrem Kind aufrecht zu erhalten, wenn es in die Schule kommt. Lange Zeit waren Schule und Freude ja Begriffe, die sich gegenseitig ausschlossen.

KAPITEL 13:

Dankbarkeit leben

Glücksforscher haben durch Studien bewiesen, dass dankbare Menschen auch glückliche Menschen sind, weil Dankbarkeit positive Gefühle weckt. Diese Emotionen sind der Startpunkt für Glück und Zufriedenheit.
Durch Dankbarkeit lässt sich das eigene Leben als wertvoll wahrnehmen. Der Mensch oder das Kind versteht damit den Wert einer Erfahrung, einer Sache oder einer für ihn bedeutsamen Person. Sie liefert die Grundlage für ein zugewandtes und hilfreiches Verhalten, denn sie hängt eng mit Empathie zusammen. Wenn ein Kind dankbar ist, dann öffnet es sich mental für das Empfangene, es nimmt nicht nur, sondern hat auch ein Bewusstsein darüber, welchen Wert die Gabe oder die Erfahrung hat.

Sie können eine dankbare Lebenshaltung bei Ihrem Kind fördern, indem Sie ihm Geschichten zu diesem Thema vorlesen oder es in Gesprächen thematisieren. Fragen Sie das Kind am Abend: „Was war heute besonders schön für dich?“ Oder: „Welche Menschen machen dich besonders froh und du bist dankbar dafür, dass es sie gibt?"

Wichtig ist natürlich auch Ihre Vorbildfunktion. Zeigen und verbalisieren Sie Ihre Dankbarkeit für Menschen, Erfahrungen und Ereignisse. Besonders schön ist es für Ihr Kind, wenn Sie zu ihm sagen: „Ich bin so dankbar und glücklich, dass es dich gibt!" Denn ganz sicher spüren Sie diese unglaublichen Glücksgefühle über das Dasein Ihres Kindes. Für Kinder ist es fundamental wichtig, diese Gefühle ganz direkt vermittelt zu bekommen.

13.1 Das Familien-Glückstagebuch

Ich möchte Ihnen noch eine Anregung geben: Beginnen Sie damit, ein sogenanntes „Glückstagebuch" zu führen. Das kann ein gemeinsames Familienprojekt sein und sobald Ihr Kind malen oder schreiben kann, kann es daran aktiv mitwirken.

Am besten eignet sich ein leeres Notizbuch im DIN A4 Format. Das Papier sollte nicht zu dünn sein, damit es auch leicht ungeschickten Kinderfingern standhält. Sie brauchen kein kostbares teures Papier,

denn mit diesem Buch sollte entspannt umgegangen werden.
Sie können in diesem Buch besonders schöne Familienerlebnisse niederschreiben, zum Beispiel Berichte über Reisen, Ausflüge und Feste. Aber es sind nicht nur die Highlights, die das Glück ausmachen. Schreiben Sie auch über intensive oder glückliche Momente, die im Alltag stattgefunden haben, wenn Sie zusammen fröhlich waren oder wenn Ihr Kind etwas Tolles gemacht hat. Es wird dieses Buch lieben und sich ganz sicher mit Zeichnungen oder eigenen Notizen daran beteiligen. Wenn Sie gemeinsam in diesem Buch lesen oder es betrachten, dann werden die glücklichen Situationen wieder ins Gedächtnis gerufen und damit auch die Glücksgefühle. Eine positive Aufwärtsspirale wird in Gang gesetzt.

KAPITEL 14:

Die positive Psychologie als wertvolles Wissen

Der Zweig der psychologischen Wissenschaften wurde 1998 durch Professor Martin E. P. Seligman gegründet. Andere Bereiche der Psychologie beschäftigen sich vorwiegend mit Krankheiten, aber in der positiven Psychologie geht es um die Dinge, die den Menschen glücklich machen und dem Leben einen Sinn geben. Dazu gehören Hoffnung, Talente, Zufriedenheit, positives Erleben und positive Gefühle, Glück, Flow und Wohlbefinden.
Die positive Psychologie geht davon aus, dass man den Charakter stärken und die guten Eigenschaften gezielt fördern und trainieren kann. Das hört sich jetzt sicher nicht ganz so neu an, doch es lohnt sich, sich mit dieser jungen Wissenschaft von einem gelingenden Leben auseinanderzusetzen. Sie wird Ihnen wertvolle Impulse für die Erziehung zum Glück liefern. Dabei geht sie von folgenden Fragestellungen aus:

- Wie gelingen positive Beziehungen?

- Wie lässt sich die Lebensfreude steigern?
- Was macht den Menschen stark?
- Was macht das Leben lebenswert?
- Ist eine optimistische Grundhaltung erlernbar?

Ihr Ziel ist die Erforschung von Lebenszufriedenheit und Resilienz. Sie sehen, die positive Psychologie fokussiert sich nicht wie die traditionelle Psychologie auf Defizite, sondern befasst sich mit Wohlbefinden, Erfüllung und Glück.
In der positiven Psychologie wird nicht nur theoretisch geforscht, es wurden auch praktische Übungen entwickelt, deren Wirkungen empirisch untersucht wurden. Diese Studien ergaben, dass die Übungen das Glücksgefühl verstärken - nicht nur kurzfristig, sondern ebenso auf lange Sicht. Eine dieser Übungen möchte ich hier vorstellen:

„Der Tag der Freundlichkeit"

Freundlichkeit wird in der positiven Psychologie als eine der Charakterstärken gesehen, die dazu führt, dass wir mehr Zufriedenheit und Glück erleben. Die Regel für diesen Tag lautet: Tun Sie anderen etwas Gutes, die Empfänger sollen sich über Ihre Geste oder Gabe wirklich freuen.

Erklären Sie doch mal einen Tag in Ihrer Familie zum „Tag der Freundlichkeit“. Sie können sich gegenseitig mit freundlichen Gesten und Gaben beschenken oder auch Menschen außerhalb der Familie mit Freundlichkeit bedenken. Benennen Sie diesen Tag ganz spontan oder machen Sie sich vorher darüber gemeinsam Gedanken. Dann können Sie gezielt planen, wie Ihre Aktivitäten aussehen sollen. Lassen Sie sich überraschen, wie diese Übung auf Sie wirkt und was alles passiert. Wenn Ihre Familie Spaß an dieser Übung hat, dann wiederholen Sie den „Tag der Freundlichkeit“ regelmäßig.

KAPITEL 15:

Mit Fantasie zu Glück und Stärke

Die Wirkung der Fantasie und Vorstellungskraft ist bereits lange bekannt. Auch in psychologischen Therapien setzt man gezielt auf die Kraft der Imagination. Mit Hilfe der Vorstellungskraft lassen sich negative Empfindungen inklusive ihrer negativen physischen Reaktionen beeinflussen und verändern. Wut, Angst und Trauer können damit vermindert und positive Gefühle verstärkt werden.

Kinder benutzen oft ganz intuitiv ihre Fantasie, um mit schwierigen Situationen besser zurechtzukommen. Gerne schlüpfen sie dann in eine Heldenrolle, die sie aus ihren Lieblingsgeschichten oder aus Fernsehsendungen kennen. Diese Rolle hilft ihnen dabei, Distanz zum bedrohlich erlebten Ereignis aufzubauen.

Laden Sie Ihr Kind doch mal zu einer Fantasiereise ein!
Machen Sie es sich gemeinsam bequem, schließen Sie die Augen und lassen Sie das Kind in schöne und

aufmunternde Welten reisen. Hier kommen zwei Anregungen, wie sich diese Fantasiereise gestalten lässt:

„Stell dir einen Ort vor, an dem du ganz sicher und geborgen bist. Diesen Ort kann es wirklich geben. Du kannst ihn aber auch selbst erfinden. Wie sieht dieser Ort aus? Dort solltest du nur schöne Dinge sehen, die dich glücklich machen. Stelle dir diesen Ort ganz genau vor, bis er völlig mit deinen Sehnsüchten übereinstimmt. Überlege dir nun eine Handbewegung, die ab jetzt diesen Ort für dich darstellt. Und immer, wenn du in Zukunft diese Handbewegung machst, dann spürst du in dir diesen sicheren Ort und fühlst dich geborgen."

„Stell dir vor, du bist an einem schönen blauen Fluss. Es ist ein warmer Sommertag und du sitzt am Ufer des Flusses im weichen Gras. Es geht dir gut und das Wasser spiegelt deine Gefühle, es ist hellblau und fließt friedlich dahin. Aber dann kommt jemand und ärgert dich. Derjenige geht wieder, aber dein Ärger bleibt. Das Flusswasser wird dunkel und hohe Wellen türmen sich auf. Du fühlst dich mit deinen schlechten Gefühlen etwas hilflos, aber dann denkst du: Das ist ein Fluss, das Wasser kommt und geht, genau wie mein Ärger. Ich lasse meine Verstimmung jetzt einfach davonfließen. Das Wasser trägt meinen Ärger fort und wird wieder hell und klar …“

Die letzte Übung ist dazu gedacht, um Kinder anzuregen, ihre negativen Gefühle durch ihre Fantasie besser steuern zu können. Wenn Ihr Kind das nächste Mal wütend oder verärgert ist, dann können Sie es daran erinnern, wie es mit Hilfe des Flusses seine negativen Gefühle vorbeiziehen lassen kann.

SCHLUSSWORT

Das Glück Ihres Kindes basiert auf dem feinfühligen Austausch. Wenn Ihre Beziehung von Liebe, Akzeptanz und Wertschätzung geprägt ist, dann reift seine Emotionalität, seine Fähigkeit zum Empfinden von Glück und Liebe und seine Intelligenz. Alles steht und fällt mit der vom Kind als verlässlich erlebten Bindung. Geborgenheit ist das Zauberwort für die Entwicklung von glücklichen Kinderseelen.

Temperamentvolle Kinder brauchen besonders viel Geduld und Liebe. Sie brauchen Eltern, die ihnen immer wieder dabei helfen, ihre Gefühle zu erkennen und zu verbalisieren; Eltern mit Feingefühl, die ihre Signale deuten können und die hinter die Fassade des Verhaltens schauen.

Temperamentvolle Kinder besitzen nur wenig Selbstkontrolle, deshalb bringen sie nicht nur sich, sondern vor allem die Eltern immer wieder an ihre Grenzen. In diesem Buch haben Sie auf der Basis von Theorie und praktischen Tipps erfahren, wie Sie Ihrem besonderen Kind eine unbeschwerte Kindheit ermöglichen, wie Sie es optimal dabei unterstützen können, ein zufriedener und glücklicher Mensch zu werden.

Bedenken Sie bitte auch, dass das jeweilige Temperament ein Basisfaktor für den Erfolg in der Schule ist. Glück ist sicher der Schlüsselfaktor des Lebens, doch eine gute Bildung und die damit verbundene Entfaltung der Persönlichkeit darf nie außer Acht gelassen werden. In diesem Buch haben Sie zahlreiche Hinweise bekommen, das Temperament Ihres Kindes zu definieren. Damit sind Sie auf dem richtigen Weg, es auch bei seiner schulischen Laufbahn zu unterstützen.

Glückliche Kinder gibt es nicht ohne glückliche Eltern, deshalb sorgen Sie bitte auch gut für Ihr eigenes Glück! Gehen Sie liebevoll mit sich selbst um. Fragen Sie sich immer wieder: Wie geht es mir gerade? Was kann ich tun, um mich gut zu fühlen? Mutter oder Vater zu sein, besonders von einem temperamentvollen Kind, kann einen auslaugen und entkräften - da vergisst man schnell, auf die eigenen Bedürfnisse zu achten. Gönnen Sie sich schöne Dinge, genauso, wie Sie diese auch Ihren Kindern gönnen. Nur so können Sie verhindern, dass Ihnen selbst die Kraft und das Glück ausgehen.
Es wäre illusorisch zu behaupten, dass Sie nach dem Lesen dieses Buches stets in perfekter Harmonie mit Ihrem besonderen Kind leben werden. Doch wenn es

einmal wieder zu einer schwierigen Situation kommt, dann bitte ich Sie, dieses Buch erneut in die Hand zu nehmen. Sicher werden Sie dann Tipps finden, die Sie beim ersten Lesen vielleicht verworfen haben und nun ausprobieren könnten.

Und das Wichtigste: Lieben Sie Ihr Kind so wie es ist! Formen Sie Ihre Familie zu einem Team! Der familiäre Teamgeist der Liebe, der Verbundenheit und Kooperation bewirkt, dass sich alle glücklich und geborgen fühlen.

Lesenswerte Literaturempfehlung

Die kleinen und großen Abenteuer der
Tiere im Wald

3-5-8 Minuten Gute-Nacht-Geschichten für Kinder
ab 3 Jahren - von Julian Heinrich

ISBN: 978-3982145402

Haftungsausschluss

Der Autor übernimmt keinerlei Gewähr für die Aktualität, Korrektheit, Vollständigkeit oder Qualität der bereitgestellten Informationen und weiteren Informationen. Haftungsansprüche gegen den Autor, welche sich auf Schäden materieller oder ideeller Art beziehen, die durch die Nutzung oder Nichtnutzung der dargebotenen Informationen bzw. durch die Nutzung fehlerhafter und unvollständiger Informationen verursacht wurden, sind grundsätzlich ausgeschlossen, sofern seitens des Autors kein nachweislich vorsätzliches oder grob fahrlässiges Verschulden vorliegt. Alle Angaben wurden vom Autor mit größter Sorgfalt und nach bestem Wissen und Gewissen recherchiert oder spiegeln seine eigene Meinung wider. Der Inhalt des Buches passt möglicherweise nicht zu jedem Leser und die Umsetzung erfolgt ausdrücklich auf eigenes Risiko. Es gibt keine Garantie dafür, dass alles genau so, bei jedem Leser, zu genau den gleichen Ergebnissen führt. Der Autor und/oder Herausgeber kann für etwaige Schäden jedweder Art aus keinem Rechtsgrund eine Haftung übernehmen.

Quellenangaben

https://www.elternwissen.com/erziehung-entwicklung/erziehung-tipps/art/tipp/erziehungloesensiekonflikt-emitderfamilienkonferenz.html

https://www.kinder.de/themen/kleinkind/kleinkind-entwicklung/die-entwicklung-des-kindes-im-3-lebensjahr/

https://www.kindergesundheit-info.de/fuer-fachkraefte/grundlagen/gesundheitsfoerderung/elternkompetenzen/

Gordon Neufeld: Unsere Kinder brauchen uns!: Die entscheidende Bedeutung der Kind-Eltern-Bindung, 2015

Mary Sheedy Kurcinka: Wie anstrengende Kinder zu großartigen Erwachsenen werden: Der Erziehungsratgeber für besonders geforderte Eltern, 2017

Marshall B. Rosenberg: Gewaltfreie Kommunikation: Eine Sprache des Lebens, 2016

Jesper Juul: Elterncoaching: Gelassen erziehen, 2019

Deutsche Erstausgabe 2020

ISBN-13: 978-3-9821454-1-9

Maike Liebschmitt wird vertreten durch:
Maik Winter, Bürgerstraße 22, 01127 Dresden
E-Mail: sommerma@gmx.de

Coverfoto: shutterstock.com
Cover, Satz und Layout: Wolkenart -
Marie-Katharina Wölk, www.wolkenart.com

Printed in Germany
by Amazon Distribution
GmbH, Leipzig

18868968R00089